इश्क़ की दुकान बन्द है

इश्क़ की दुकान बन्द है

नरेन्द्र सैनी

वाणी प्रकाशन

वाणी प्रकाशन

4695, 21-ए, दरियागंज, नयी दिल्ली 110 002

शाखा

अशोक राजपथ, पटना 800 004

फ़ोन : +91 11 23273167 फ़ैक्स : +91 11 23275710

www.vaniprakashan.in
vaniprakashan@gmail.com
sales@vaniprakashan.in

ISHQ KEE DUKAN BAND HAI
by Narendra Saini

ISBN : 978-93-5229-638-5
Collection of Stories

प्रथम संस्करण

मूल्य : ₹ 225

सिटी प्रेस, दिल्ली-110 095 में मुद्रित

वाणी प्रकाशन का लोगो मक़बूल फ़िदा हुसेन की कूची से

पढ़ने से लिखने तक का सफ़र

बात कॉलेज के दिनों की है। साल 1995-96 रहा होगा। दिल्ली यूनिवर्सिटी के हंसराज कॉलेज में बी.ए. (ऑनर्स) हिन्दी का छात्र था। किताबें पढ़ने में कोई खास दिलचस्पी थी नहीं। साहित्य से जुड़ी कोर्स की किताबों से ही सरोकार था। बात शायद पहले या दूसरे साल की है। निर्मल वर्मा की किताब 'चीड़ों पर चाँदनी' कोर्स में थी। किताब के नाम ने कुछ आकर्षित किया। बेशक चाँदनी और चीड़ के पेड़ दोनों ही मेरे पसन्दीदा विषय थे फिर भी मैं पढ़ने की हिम्मत नहीं जुटा सका। वैसे भी समय कॉलेज के क्लासरूम में कम और कॉलेज के सर्कल पर ज्यादा निकलता था। हमेशा लगता, क्लास में गये तो बाहर कुछ ऐसा हो जायेगा जो नज़रों से चूक जायेगा। इसलिए सारा समय किताबी जानकारी से इतर असल ज़िन्दगी का अनुभव लेने में निकलता, बेशक अनजाने में ही।

वाकया एक दिन का है। मित्र मण्डली आयी नहीं थी। कैंटीन में कॉफ़ी पी और उसके बाद सामने लाइब्रेरी नज़र आयी तो इरादा वहीं समय गुज़ारने का किया। उस वक़्त पास में एक रजिस्टर था, जिसके एक-डेढ़ साल में सिर्फ़ दो या तीन सफ़े ही भर सके थे। उसके साथ 'चीड़ों पर चाँदनी' भी थी। क्लास के अधिकतर साथी इस किताब की तारीफ़ करते थकते नहीं थे। बाहर बेकार बैठने से अच्छा कॉलेज लाइब्रेरी में जाना ही बेहतर लगा। अब अन्दर कुछ अख़बार पलटे और फिर अकेले बैठे हुए अटपटा-सा लगा। किताबें भी आकर्षित नहीं कर रही थीं। मन मारकर 'चीड़ों पर चाँदनी' को पढ़ना शुरू किया। जैसे-जैसे मैं निर्मल वर्मा की दुनिया में उतरता

जा रहा था, नयी दुनिया से रू-ब-रू हो रहा था। शब्दों के जरिए दुनिया को नये नजरिये से पेश करने का हुनर, उनके संस्मरणों के एक-एक लफ़्ज को पढ़ता गया। ऐसी गहराई से जैसे पहले कभी नहीं पढ़ा था। इससे पहले तक सिर्फ़ कॉमिक्स, अख़बार या फिर कुछ कोर्स की किताबें पढ़ने तक ही किताबों से दोस्ती सीमित रही थी। मैंने कुछ ऐसा महसूस किया जैसे एक किताब, एक किरदार की तरह है। जिसे पढ़ते हुए आप उस किताब की दुनिया में पहुँच जाते हैं। उन्होंने अपने इन संस्मरणों से न सिर्फ़ स्कैंडिनेवियाई और यूरोपीय देशों की सैर कराई बल्कि वहाँ के माहौल को भी अन्दर तक उतार दिया। उसके बाद तो जैसे उन्हें पढ़ने का जुनून ही सवार हो गया। निर्मल वर्मा की 'जलती झाड़ी', 'वे दिन', 'परिन्दे', 'धुन्ध से उठती धुन' और लगभग सभी किताबें पढ़ डालीं।

इस तरह कॉलेज में निर्मल वर्मा के साहित्य ने पढ़ने का ऐसा जुनून पैदा किया कि कॉलेज की छुट्टियों के दौरान पुरानी दिल्ली रेलवे स्टेशन के सामने पड़ने वाली दिल्ली पब्लिक लाइब्रेरी शाम का मेरा परमानेंट ठिकाना बन चुकी थी। जब वहाँ पर्याप्त किताबें हासिल नहीं हुईं तो, वहीं से करीब कौड़िया पुल की हरदयाल पब्लिक लाइब्रेरी की सदस्यता ली। फिर तो चन्द्रधर शर्मा गुलेरी और चन्द्रकान्ता से लेकर मोहन राकेश, कमलेश्वर, फणीश्वरनाथ रेणु, जैनेन्द्र, अज्ञेय, श्रीलाल शुक्ल जैसे अनेक लेखकों की किताबों की दुनिया चमत्कृत करती जा रही थी। किताबों से दोस्ती बढ़ रही थी, और अच्छी किताबों को ख़त्म करने की फेहरिस्त छोटी होती जा रही थी। समय तेज़ी से गुज़रा और 1999 में एम.ए. (हिन्दी) का नतीजा आया तो मार्क्स सिर्फ़ 54 फीसदी पर रह गये और एम. फिल. करके पीएच. डी. करने का सपना खाक में मिल गया। ऐसा नहीं था कि पेपर अच्छे नहीं गये थे। लेकिन यह एक प्रोफ़ेसर महोदय से जान-पहचान का नतीजा था, जिसने न मुझे घर का छोड़ा था न घाट का।

नतीजों का आना यानी पाँव तले की ज़मीन का खिसक जाना था। समझ नहीं आ रहा था कि आगे क्या करना है? रिजल्ट आने के बाद मेरी हालत 'उसने कहा था' के बाल लहना सिंह जैसी

हो गयी थी। समझ नहीं आ रहा था क्या करूँगा, कहाँ जाऊँगा। कॉलेज के लास्ट ईयर से ही स्कूल गाइडों की प्रूफ़ रीडिंग का काम करने लगा था। साहित्यिक किताबों के जरिए कई प्रकाशकों के बारे में पता चला था और प्रूफ़ रीडिंग की गहराई का भी। प्रूफ़ रीडिंग में किस्मत आजमाने राजकमल पहुँचा। मुलाकात चेतन क्रान्ति से हुई। वे बतौर सम्पादक वहाँ काम कर रहे थे। उन्होंने मेरी कहानी सुनी और मेरा उत्साहवर्द्धन करते हुए मैत्रेयी पुष्पा की 'झूला नट' किताब की रीडिंग करने को दी। मैंने जोश-जोश में एक दिन में ही उसे पढ़ डाला और अगले दिन चेतन क्रान्ति के पास किताब लेकर पहुँच गया। उन्होंने रीडिंग को चेक किया और मुझे पास कर दिया। इस तरह क्राउन दो रुपये और डिमाई ढाई रुपये पर प्रूफ़ रीडिंग का काम शुरू कर दिया। पीएच.डी. न कर पाने का दर्द सीने में था, लेकिन एक रास्ता मिल गया था। यह अनुभव सुखद था। इस तरह वहाँ लगभग साल भर काम किया, जिसमें अकसर मुझे चुनौतीपूर्ण किताबें मिलतीं। काम कम ही रहता क्योंकि सीनियर प्रूफ़ रीडर बाजी मार ले जाते थे। उन दिनों राधाकृष्ण का एडिटिंग का अधिकतर काम हंस के दफ़्तर के साथ स्थित राधाकृष्ण के दफ़्तर में हुआ करता था। इस पुरानी इमारत में फैली किताबों की खुशबू मुझे अपने नशे में सराबोर रखती। वहाँ मौजूद असंख्य किताबों ने मेरी पढ़ने की भूख को बढ़ाया। फिर राजेन्द्र यादव, कृष्ण बलदेव वैद, हजारी प्रसाद द्विवेदी, वृन्दावन लाल वर्मा, नागार्जुन, राजकमल चौधरी जैसे कितने ही लेखकों को आत्मसात किया, अपने फेवरिट राइटर भीष्म साहनी, निर्मल वर्मा और कृष्णा सोबती की किताबों की प्रूफ़ रीडिंग करना वाकई एक मज़ेदार अनुभव था।

पढ़ने का तो मज़ा आ रहा था लेकिन पैसे के मामले में हाथ बहुत तंग था। कुछ भी तय नहीं था, कभी काम मिलता, और कभी नहीं मिलता। वहाँ सम्पादक के तौर पर काम कर रहीं, विमला शकरवाल से मेरी मुलाकात हुई, तो उन्होंने मेरे काम की तारीफ़ की। अच्छा लगा। इसी बीच, दिल्ली प्रेस में नौकरी निकली तो वहाँ का रुख कर लिया। वहाँ भी प्रूफ़ रीडिंग और एडिटिंग का काम

था। कुछ भी क्रिएटिव नहीं था। लेकिन अब तक लिखने का कुछ शौक जाग चुका था। कुछ खास नहीं लिखा था।

इसी बीच विमला जी से एक बार फिर मुलाकात हुई और वे हिन्द पॉकेट बुक्स में एडिटर हो चुकी थीं और उनका सकारात्मक ऊर्जा से सराबोर रहना मुझे बेहद अच्छा लगता था। उनसे मिला तो उन्होंने अपने यहाँ ऑफर दिया। दिल्ली प्रेस से पैसे भी ज्यादा थे और काम भी बढ़िया था। यहाँ उन्होंने मेरी मुलाकात हिन्द पॉकेट बुक्स के मालिक शेखर मल्होत्रा से करवाई। उन्होंने मुझे मेरा पहला चैलेंज दिया। यह चैलेंज था : दीपक चोपड़ा की किताब 'सेवन स्प्रिचुअल लॉ ऑफ सक्सेस' के हिन्दी अनुवाद 'सफलता के सात आध्यात्मिक नियम' की किताब मुझे थमाई और कहा, 'इसे ऐसी हिन्दी में लाना है, जो रिक्शे चलाने वाले से लेकर बुद्धिजीवी तक की समझ में आ जाये'।

मैंने काम करके उन्हें दिया तो उन्हें पसन्द आया। फिर नयी नौकरी शुरू हो गयी। पहले दीपक चोपड़ा की किताब ख़त्म की और उसके बाद मुझे मिली गुरचरण दास की विश्व प्रसिद्ध किताब 'इंडिया अनबाउंड'। विश्व साहित्य से मेरा साक्षात्कार भी यहीं हुआ। यहाँ विश्व प्रसिद्ध लेखकों विक्टर ह्यूगो, लुई पियर और एडगर एलन पो की किताबें पढ़ने को मिलीं। अकसर विमला जी मुझसे बात करतीं कि क्या सारी ज़िन्दगी यही करना है। इसी तरह बातचीत में उन्होंने मुझसे कहा कि आगे बढ़ो और पत्रकारिता में जाओ। मेरी कोई जान-पहचान थी नहीं। कोर्स भी किया नहीं था, लेकिन उन्होंने मुझे दैनिक जागरण में विनीता जी से मिलने के लिए कहा। हालाँकि वहाँ कई दिन तक रोज टेस्ट होता और आखिरकार वहाँ काम मिल गया। पत्रकारिता का कोई कोर्स तो किया नहीं था लेकिन पहले दिन से ही इतना काम और ट्रांसलेशन कि होश लेने का समय ही नहीं मिला। यहाँ डेस्क इंचार्ज कल्याण कुमार ने भाषा और पत्रकारिता से जुड़ी मेरी समझ को विकसित किया।

साल 2001 तक मेरी साहित्यिक भाषा अब अख़बारी भाषा में तब्दील हो चुकी थी और यहाँ संजीव स्नेही और सारंग कुमार जैसे

सीनियर्स से मिलना साहित्य को कागज़ों पर उतारने की दिशा में बढ़ा क़दम साबित हुआ। इसी दौरान गोधरा काण्ड हो चुका था और उसने मेरी अन्तरात्मा पर गहरा असर डाला था। इस गुस्से की अभिव्यक्ति के लिए मैंने कलम का सहारा लिया और कुछ कविताएँ लिखीं। इन कविताओं को जब स्नेही जी और सारंग जी को दिखाया तो उन्हें ठीक लगीं। इस बीच 'युद्धरत आम आदमी' का एक युवा विशेषांक आना था। स्नेही जी ने मुझसे इस अंक के लिए कविताएँ लीं। जब कविताएँ छपकर आयीं, तो उन्हें देखकर अच्छा लगा, हौसला बढ़ा कि मेरा लिखा ऐसा है जो छप सकता है।

स्नेही जी एक बहुत ही सपोर्टिव सीनियर बने। उन्होंने मेरी मुलाकात अमर उजाला में फीचर सेक्शन में चीफ सब एडिटर और कहानीकार रवि बुले से कराई। मैंने उनसे बुक रिव्यू के लिए कहा तो उन्होंने बहुत ही प्यार से एक किताब थमा दी। उन्होंने मुझे गीतांजलिश्री के उपन्यास 'तिरोहित' की समीक्षा करने के लिए दी। मुझे बेहद खुशी हुई क्योंकि इससे पहले मैं जनसत्ता में किताबें देखने वाले अनुवादक और पत्रकार से मिल चुका था। उनका व्यवहार बहुत ही शुष्क था। शायद वह चाहते थे कि मैं पढ़ने के मामले में थोड़ा और प्रौढ़ हो जाऊँ। युवा होने की वजह से मुझे समीक्षा के योग्य न मानने की उनकी बात अब ध्वस्त हो गयी थी। मैंने समीक्षा दी। वह छप गयी। उसके बाद और भी किताबें मिलनी शुरू हुईं। उन दिनों उनके अख़बार में लघुकथा का भी एक सेक्शन था। मैंने उसके लिए 'अन्तर' नाम से कहानी लिखी। यह मेरी ज़िन्दगी की पहली कहानी थी। उन्हें अच्छी लगी और उन्होंने इसे छाप भी दिया। मुझे बेहद अच्छा लगा। उसके बाद मैंने एक व्यंग्य लिखा और वह रवि बुले को दिखाया तो उन्होंने एक बात कही, 'नरेन्द्र पहले यह तय कर लो कि किस विधा में लिखना है। इस तरह हर विधा में हाथ आजमाने से कुछ हाथ नहीं आने वाला।' उनकी इस बात ने गहरे तक असर किया और मैंने सोचा कि मुझे गद्य में ही हाथ आजमाने हैं। उसके बाद उन्होंने मुझे बताया कि मिलान कुन्देरा को पढ़ो। बस फिर क्या था, मिलान कुन्देरा की 'लाफेबल लव्ज' पढ़ी तो उनकी

कहानी कला को पढ़कर हैरत में रह गया।

उसके बाद पत्रकारिता की नौकरी चलती रही और अनुवाद का काम भी। बात 2004 की है। तब तक मैं 'कथादेश' मैग्जीन के लिए अनुवाद और कई तरह के काम कर चुका था। इस बीच में कई कहानियाँ भी लिख चुका था। एक-दो जगह भेजी भी लेकिन सबने अतिभावनात्मक कहकर खारिज कर दिया। 'कथादेश' के सम्पादक हरि नारायण ने बताया कि वे 'कथादेश' का युवा विशेषांक निकाल रहे हैं और इस अंक का सम्पादन हृषिकेश सुलभ कर रहे हैं। चाहो तो अपनी कहानी भी भेज सकते हो। मैं कुछ सकते में रहा। मैंने उनके लिए काफ़ी काम किया था। मुझे उम्मीद थी कि वे मेरी कहानी को तो ऐसे ही पब्लिश कर देंगे। लेकिन ऐसा नहीं था। इम्तिहान बाक़ी था। मैंने 'एक अधूरी डायरी की चन्द सतरें' भेज दी और ख़बर मिली कि कहानी छपने के लिए सिलेक्ट हो गयी है। ख़ुशी का ठिकाना नहीं रहा। कहानी को लेकर कई चिट्ठियाँ भी आयीं। इसी बीच, एक कहानी 'मसि कागद' नाम की पत्रिका में भी छपी। सब बढ़िया चल रहा था। हाँ, सबसे ज़रूरी बात यह कि मेरी कहानियों के सबसे बड़े फैन मेरे घर वाले तो थे ही, उनमें मेरे मम्पी-पापा अव्वल थे। मम्मी पढ़ी-लिखी नहीं थीं, लेकिन कुछ छपता तो उनके चेहरे की चमक मेरे जोश को दोगुना कर देती। उधर, पापा मेरे कुछ भी इस तरह के क़दम पर बड़े प्यार से मेरे सिर पर हाथ फेर देते, और मुझे इससे भी अच्छा करने की प्रेरणा देते। लेकिन अगस्त, 2014 में पहले मेरी नौकरी छूटी और फिर 20 नवम्बर, 2014 को पापा चले गये, अचानक!!! अब जीवन में मेरे सिर पर वह हाथ कभी नहीं आने वाला था। वह लम्स अब मैं कभी नहीं महसूस कर सकता था। उनके चेहरे की मुस्कान! मैं अब कभी नहीं देख सकता था।

कहते हैं, ज़िन्दगी किसी के बिना रुकती नहीं है। यह सच है लेकिन किसी के जाने से जो स्पेस बनता है, उसे कोई नहीं भर सकता है। फिर वह जाने वाला आपका पिता हो तो इस दर्द को एक बेटा ही समझ सकता है। मेरे साथ भी कुछ ऐसा ही था। अब

मेरा सारा लिखा हुआ फाइलों तक सीमित हो चुका था। अब अकेले में अकसर उनका चेहरा मेरे सामने घूम जाता था। मैं उस अकेलेपन से घबराता था। मैं कलम उठाने से डरता क्योंकि न तो अब पहले जैसा मन रहा था लिखने का न ही दिलचस्पी क्योंकि लिखना कभी भी मजबूरी नहीं रही। सिर्फ़ शौक था। ऐसा शौक जिसे मजबूरन पूरा करने की कोई मजबूरी नहीं थी।

समय बीतता जा रहा था। पढ़ने से फिर दूरी बनने लगी थी। एनसीईआरटी में अनुवाद और एक यूनिवर्सिटी में लेक्चरशिप के बाद फिर से पत्रकारिता में लौटने का मन था। 2006 में, मेरे सीनियर सुदीप ठाकुर ने बताया कि 'इंडिया टुडे' से एक कम्पटीशन मैग्जीन आ रही है, तो मैंने उन्हें अपना सीवी वहाँ देने के लिए कहा, वहाँ के सम्पादक जगदीश उपासने ने मुझसे अनुवाद करवा रखा था और मैंने उनसे एक मौके के लिए कई साल पहले कहा भी था। शायद उन्हें याद रहा और फिर मेरे काम को देखते हुए वहाँ काम मिल गया। लेकिन इस कामयाबी को शेयर करने के लिए मेरे सबसे जिगरी दोस्त यानी मेरे पिता नहीं थे।

पत्रकारिता में वापसी हो चुकी थी। अब पढ़ता था, तो सिर्फ़ अख़बार या ऐसी किताबें जिनमें बोल्डनेस का छौंक होता, क्योंकि मेरी मनःस्थिति ऐसी नहीं रही थी कि कुछ भी डिप्रेसिव पढ़ता। फिर हिन्दी में उस तरह का लिखा भी नहीं जा रहा था। निर्मल वर्मा ने 'अन्तिम अरण्य' लिखा था। भीष्म साहनी ने आखिरी किताब 'नीलू नीलिमा नीलोफर'। बस, इसी तरह की किताबें। हाँ, जो एक किताब उस दौर की याद रह गयी वह थी 'मैंने मांडू नहीं देखा' और फिर इस किताब के लेखक स्वदेश दीपक का कहीं खो जाना। अपने पसन्दीदा लेखक का खो जाना। बहुत बड़ा शॉक होता है...बिल्कुल किसी अपने के दूर चले जाने जैसा।

मेरे पढ़ने की धारा बदल चुकी थी। मेरी फेहरिस्त में खुशवन्त सिंह, मिलान कुन्देरा, इवान क्लीमा, अनिस निन, हेनरी मिलर...जैसे नाम जुड़ गये थे। लोगों के सेक्स एक्सपीरियंस को लेकर छपने वाली अमेरिकी मैग्जीन 'पैंटहाउस लेटर' के किसी भी अंक को मैं

छोड़ता नहीं था। पर्ल जैसी पोर्न कहानियों की किताब को कई बार पढ़ा था। कोशिश सिर्फ़ ऐसी किताबों की रहती, जो असल ज़िन्दगी और जीवन के झमेलों से दूर ले जा पातीं। इस तरह की किताबों को पढ़ने का शौक बढ़ता जा रहा था। फैनी हिल से लेकर आभा दावेशर की बेबीजी जैसी अनेक किताबें पढ़ डालीं। अलबर्तो मोराविया की किताबों का मोहपाश भी मुझे बाँध चुका था।

यह बात 2008 की रही होगी। मेरे सीनियर सुधीर गोरे ने मुझे एक नयी दुनिया से रू-ब-रू कराया। यह दुनिया थी, फ़िल्मों की। ऐसा नहीं था कि फ़िल्मों से मेरा वास्ता नहीं रहा था। सिर्फ़ उतनी फ़िल्मों तक जो टीवी पर आती रही थीं, उन्हें देख लिया करता था। लेकिन उन्होंने मुझे एक छोटे से डीवीडी प्लेयर से रू-ब-रू कराया। इस तरह मेरे पास डीवीडी आया और उन दिनों इंडिया टुडे का दफ़्तर पालिका बाज़ार के सामने हुआ करता था, तो वहाँ पाइरेसी का मार्केट गर्म था, इसलिए डीवीडी की कोई कमी नहीं। इस तरह 2008 में फ़िल्मों की ऐसी सनक सवार हुई और इतनी आसानी से फ़िल्मों के उपलब्ध होने की वजह से मैंने फ़िल्में देखनी शुरू कीं। अब किताबें और पीछे छूट गयी थीं। रोजाना एक फ़िल्म का शौक चढ़ गया था। विश्व सिनेमा की शानदार फ़िल्में। फ़िल्मों में भी खास दरकार मेरी बोल्ड फ़िल्मों की रहती। जिसमें सेक्स और सॉलिड कहानी का छौंक हो। हालाँकि हॉलीवुड और बॉलीवुड की फ़िल्मों का साथ भी बदस्तूर चल रहा था। 'लोलिता', 'मलेना', 'इररिवर्सिबल', 'ब्रेकिंग वेव्ज', 'शॉकला' और ऐसी ही अनेक फ़िल्मों ने मेरी राय बदलनी शुरू की। मैंने जाना कि डायरेक्टर सेक्स के साथ जीवन की हक़ीक़त को किस तरह गहराई से पिरोकर पेश कर रहे हैं। उनके नारी पात्र कितने सॉलिड हैं और किस तरह हालात के शिकार हैं। यह बातें असर करती रहीं। साल 2011 आने तक डीवीडी की दुनिया से आगे भी टॉरेंट की दुनिया आ चुकी थी और अब फ़िल्म बाज़ार में दुकानदार की मर्ज़ी पर नहीं थी बल्कि सिर्फ़ एक बटन के क्लिक पर उपलब्ध थी। फिर क्या हर वह फ़िल्म जो बेस्ट होती, जिसकी चर्चा होती या फिर जिसके बारे में कहा

जाता कि देखनी जरूरी है, वह देख डाली। पहला दौर जहाँ पॉपुलर फ़िल्मों का चला। वहीं दूसरा दौर 'स्कारफेस', 'सेंट ऑफ विमन', 'टैक्सी ड्राइवर', 'साइको', 'गॉड मस्ट बी क्रेजी', 'वंस अपॉन टाइम इन वेस्ट'...ढेरों फ़िल्में।

किताबों से जुड़ी एक कसक कहीं तो मेरे अन्दर थी ही। अब सब कुछ मेरे अपने इशारे पर था, तो मैंने किताबों पर बनी फ़िल्में देखनी शुरू कीं। जे.एम. कोएत्ज़ी की किताब पर बनी 'डिस्ग्रेस'। अलबर्तो मोराविया की किताबों पर आधारित 'कन्टेंप्ट', 'टू विमन', 'द एंप्टी कैनवस', 'येसटर्डे टुडे ऐंड टुमारो'। मिलान कुन्देरा की किताब पर आधारित 'द अनबेरेबल लाइटनेस ऑफ बीइंग' जैसी फ़िल्में देखीं। समय मज़े से गुज़र रहा था। लिखने वाली कलम और काग़ज़ दोनों मुझसे बहुत दूर थे। मैं फ़िल्मों की अपनी दुनिया में मस्त था।

बात 2015 की है। मैं 'इंडिया टुडे' का किताबों वाला पन्ना देख रहा था। अच्छी किताबों का रिव्यू मेरी कोशिश रहती। किताबों की दुनिया में दोबारा क़दम रख दिया था। हालाँकि बाज़ार की सारी लेटेस्ट किताबों के बारे में जानकारी हमेशा रखता था, बेशक पढ़ता उतना नहीं था। लेकिन एक बार फिर किताबों की खुशबू अच्छी लगने लगी। कुछ किताबें पढ़ी थीं। किताबों के सिलसिले में ही एक दिन रात को कवि ओम निश्चल से मेरी बात हो रही थी कि उन्होंने कहा कि आप इतना अच्छा बोलते हैं, तो लिखते क्यों नहीं। मैंने अपनी आपबीती उन्हें सुनाई, तो उन्होंने कहा, 'आप लिखिए। अच्छा लिखिए। आपके पिता को भी अच्छा लगेगा...।'

उनकी बात ने मुझे अन्दर तक छुआ। फिर मेरे पिता की खुशी की बात किसी अनजान शख़्स के मुँह से सुनने ने मुझे प्रेरित किया। मैंने उन्हें बताया कि मैंने कुछ कहानियाँ 2004 के आस-पास लिखी थीं। क्या उन्हें भेजूँ? उनका मुझे सुझाव था कि सारी कहानियों को मुझे एक बार दोबारा पढ़ना चाहिए क्योंकि एक दशक से ज्यादा समय गुज़र चुका था उन कहानियों को लिखे हुए। उनकी प्रासंगिकता का सवाल पैदा हो सकता था। मैंने उन्हें दोबारा पढ़ना

शुरू किया। मुझे एहसास हुआ कि यह कहानियाँ आज भी उतनी ही सार्थक हैं। मैंने इन कहानियों को टाइप किया और मामूली सुधार के साथ उन्हें भेज दिया। उन्होंने कहानियाँ पढ़ीं और जवाब दिया कि अच्छी कहानियाँ हैं और नये तेवर लिए हुए हैं। उनसे लम्बी बात हुई, मेरा हौसला बढ़ गया। उन्होंने मुझे यह कहानियाँ अलग-अलग पत्रिकाओं को भेजने के लिए कहा। इस तरह 'प्रयाग पथ' के हितेश सिंह को मेरी कहानी 'बास्टर्ड' पसन्द आयी और उन्होंने उसे छापा। इसी बीच, विजय राय को एक कहानी 'लमही' के लिए भेजी तो उन्होंने उसे भी सिलेक्ट कर लिया, यह कहानी 'डेडलाइन' थी। फिर 'बया' के लिए 'इक लड़की अनजानी सी' दी। इस तरह मेरे हौसले बुलन्द हो गये।

'इंडिया टुडे' में हर हफ्ते प्रोडक्शन डे के दिन हमारी नाइट ड्यूटी होती है। चौबीस घंटे का काम। ऐसे में रात आते-आते बोरियत होने लगती तो मैं अपने साथ मौजूद शिवकेश, पीयूष बबेले और सीनियर हरि मोहन मिश्र को अपनी कहानियाँ सुनाने लगता। वह थोड़े चुटीले अन्दाज़ में होतीं और अकसर वे स्टोरी का ड्राफ्ट होतीं। इसी तरह मैंने तीन-चार कहानियाँ हरिमोहन जी को सुनाईं तो उन्होंने जो कमेंट किये वह मेरा सिर घुमाने के लिए काफ़ी थे। मैंने उन्हें 'चे ग्वेरा की टोपी' और 'छत' कहानी का ड्राफ्ट सुनाया, तो उन्होंने कहा कि इन कहानियों में मार्खेज और रवीन्द्रनाथ टैगोर की कहानियों जैसी बात है। शायद वे ऐसा मेरा हौसला रखने के लिए कह रहे होंगे। इस तरह मेरा कहानियों को लिखने का सिलसिला चल निकला। फिर अकसर नॉन फिक्शन को तवज्जो देने वाले अपने सीनियर मोहम्मद वकास को इनमें से दो-तीन कहानियाँ पढ़ने को दीं, तो उन्हें भी अच्छी लगीं। वकास जी ने भी दिल खोलकर तारीफ़ की।

इस तरह मैंने मेहनत की, और अपनी लिखी सभी कहानियों को सहेजने का काम शुरू किया। मज़ेदार यह कि उन रातों में जिन कहानियों पर डिस्कशन हुआ और मुझे इस तरह के कमेंट मिले, वे अभी लिखी ही नहीं गयी हैं। लेकिन मेरे संग्रह के लिए ज़रूरी आठ कहानियाँ पूरी हो चुकी थीं और अब ये आठ कहानियाँ एक जगह हैं।

मैंने इन कहानियों में किसी भाषाई चमत्कार की कोशिश नहीं की है। यह पात्रों की अपनी बातें हैं। इन कहानियों के पात्रों की ख़ासियत कॉम्प्रोमाइज करना नहीं रहा है। सभी बेबाक हैं। बेलौस हैं, जो जिस्म, भावनाओं और ज़िन्दगी के भँवर में फँसे हैं। इन कहानियों में शिल्प, भाषा और जो भी है, वह इन पात्रों का ही है। और अन्त में यह संग्रह मेरे डैड, मॉम, बहन और पूरे परिवार के सहयोग से सम्भव हुआ है।

अनुक्रम

इक लड़की अनजानी-सी
19
डेडलाइन
28
बास्टर्ड
40
आयशा
50
एक अधूरी डायरी की चन्द सतरें
60
मेट्रो वाली लड़की
67
मासूम माशूक़
82
कसक-ए-इश्क़
92

इक लड़की अनजानी-सी

यह कहानी तीन नौजवानों की है, जिन्हें एक लड़की से प्रेम है, लेकिन लड़की (जिसका नाम काम्या है) उन तीनों के लिए पहेली है। पहेली इसलिए वे जितना उसे जानने की कोशिश करते हैं, उतने ही उसके रहस्य में डूबते जाते हैं। उसकी मस्कारा और लाइनर वाली गहरी आँखें। लम्बा कद, छरहरा बदन और गोरा रंग। बिखरे हुए कर्ली बाल। अकसर खुले रहते या फिर सिर्फ़ बाँधने के लिए बाँधे हुए। राउण्ड नेक टीशर्ट पर जैकेट और जीन्स उसे अलग बना देते।

यह बात सुनने में कुछ अजीब लग सकती है लेकिन तीनों में लड़की से मिलने के बाद ग़ज़ब की दोस्ती हो गयी। यह सब आसान नहीं था। जब लड़की ने पहली बार उन्हें एक-दूसरे के बारे में बताया तो उन्हें काटो तो ख़ून नहीं। एक-दूसरे से उन्होंने मिलने से इनकार कर दिया था। वे लड़की की खातिर मिले और यह काम्या का ही जादू था कि तीनों में एक-दूसरे को लेकर काफ़ी कुछ था और एक-दूसरे को पसन्द भी नहीं करते। लेकिन वे फिर भी दोस्त बन गये। ऐसे दोस्त जिनके मन में एक-दूसरे के प्रति कहीं कुछ था और सब कुछ सौ फीसदी सही नहीं था।

आज तीनों एक पब में बैठे उस लड़की से जुड़ी बातों को लेकर चर्चा में लगे हैं। मज़ेदार यह कि काम्या ने उन्हें पब में नौ बजे बुलाया था लेकिन तीनों आठ बजे ही आ पहुँचे। एक-दूसरे को चमकाने की कोशिशों में लगे हैं और खुद को लड़की के ज्यादा करीब पेश करने की कोशिश करने में लगे हैं। आइए इनकी बातें सुनते हैं...

पहला नौजवान (देखने में औसत, लेकिन उसके बोलने में ठहराव और चेहरे से सुलझापन साफ झलकता है) : काम्या कमाल की है, अकसर कहती है मेरे पास आकर उसे अच्छा लगता है। मेरे साथ बैठकर उसे समुद्र की शान्त लहरों और ठण्डी तेज़ हवाओं का एहसास होता है। लेकिन फिर भी उसने कभी नजदीकी नहीं बनने दी। मैंने कई बार उसे प्रपोज किया लेकिन हमेशा प्यार से मेरे बालों में अपने हाथ सहला देती और कुछ नहीं कहती...

बीच में टोकते हुए **दूसरा नौजवान** (देखने में खूबसूरत, शख़्सियत ऐसी कि देखते ही प्यार से मन भर जाये, सभी ग़मों को अपने में समेट लेने वाला) : वह पानी के पत्तों पर ओस जैसी नाजुक है, लापरवाही से छुओ तो बिखर के रह जाये। अकसर रात को फ़ोन पर घंटों बातें करती है, अपने जीवन, भविष्य और न जाने कितनी तरह की आशंकाओं को लेकर। बिल्कुल डूबते सूरज जैसा है उसका व्यक्तित्व, एकदम रहस्यमय और खूबसूरत अपनी ओर खींचता...कभी चाहकर भी नहीं छू सका उसे मैं, कहीं बिखर न जाये...

तीसरा नौजवान (देखने में ग्रीक गॉड सरीखी पर्सनेलिटी, एकदम सख़्त और अक्खड़ मिजाज़) : मुझे ऐसा नहीं लगता। मेरे साथ तो वो हमेशा शरारत के साथ पेश आती है। नटखट...जानते हो हमेशा कहती है मेरी बाँहों में उसे अच्छा लगता है। बिल्कुल सुरक्षित...घंटों मेरे आगोश में पड़ी रहती। अकसर मेरे सीने से लगकर... यही कहती, यू आर अ हीमैन...वो जानती है पुरुषों को कैसे रिझाया जाता है...लेकिन मुझसे यही कहती है, औरत को समझना आसान नहीं।

दूसरा नौजवान भी जोश में बोला : जानते हो मैंने उसके साथ एक पूरी रात गुजारी है। काउच पर मेरी गोद में सिर रखकर बैठी रही रात भर। उसकी आँखों का पानी सूखा नहीं...लेकिन यह नहीं जान सका उसे कौन-सी आशंका सालती रही। उसके साथ समय बिताना बहुत अच्छा लगता है। उसमें ग़ज़ब की ज़िन्दादिली है। उसके बालों की खुशबू मुझे बहुत अच्छी लगती है। रात गहराती गयी और उसकी लायी शैंपेन पूरी ख़त्म हो गयी। उसका शैंपेन

का गिलास अपने लबों पर लगाने का अन्दाज़ ही अलग है। तड़के वह वहीं सोफे पर सो गयी और मैं पास ही कालीन पर नीचे लेटा था। सुबह उठी एकदम हाइपरएक्टिव। जैसे सोई ही न हो, कमाल है यार बन्दी...उसकी नींद से भरी आँखें ग़ज़ब ढाती थीं...

पहला नौजवान (संयमित लहजे में) : जानते हो, मैंने एक बार उसके आगे शादी का प्रपोजल रखा था और काम्या खिलखिला के हँसी थी, जैसे मैंने कोई चुटकुला सुनाया हो...और बड़े ही प्रेम के साथ कहा था, मेरी शादी कोई आसानी से पकने वाली खिचड़ी नहीं होगी। तुम देखना...छोड़ो मुझे किसी अच्छी लड़की का दामन थामो...इश्क़ और मैरिज को लेकर कभी सीरियस होती ही नहीं।

तीसरा नौजवान : सही कह रहे हो। मैंने कई बार कहा जब तुम्हें मेरे आगोश में अच्छा लगता है, सुरक्षा का एहसास मिलता है, फिर मेरी होकर क्यों नहीं रह जातीं। कुछ नहीं बोली। अपनी हिरणी जैसी कजरारी अँखियों से मेरी ओर एकटक देखती रही और फिर जाने क्या सूझा मुझे काट खाया, एकदम बिल्ली की तरह। फिर हँसने लगी...समझ से परे है।

पहला नौजवान : वाकई काम्या किसी पहेली जैसी लगती है। जिसको जितना जानो उतना उलझो, अब देखो हम तीनों को भी तो उसने अपने जन्मदिन पर खुद ही मिलवाया था। कितनी हैरत में आये थे हम एक-दूसरे से मिलकर। वह कितनी सहज थी। हमें कितना अजीब लगा था। लेकिन उसने हम तीनों को एक जैसे ट्रीटमेंट से सँभाल लिया और आपस में ऐसा बाँधा हमें पता ही नहीं चला कि हम दोस्त बन गये।

दूसरा नौजवान : तुम्हें नहीं लगता, उसके जीवन का कोई राज है, जो वह हमेशा छिपाती आयी है। अकसर वोदका के तीन-चार शॉट के बाद कितनी संजीदा हो जाती है...

तीसरा नौजवान : वाकई ऐसा बोल्ड एण्ड ब्यूटीफुल अन्दाज़ किसी बन्दी में मिलना मुश्किल है। मैं तो उसके बिना अब अपने आगे की कल्पना नहीं कर पाता हूँ।

(पहले और दूसरे नौजवान ने भी कुछ ऐसा ही कहा और तीनों

ने वोदका के गिलास मुँह को लगा लिए। पब में हल्के लाल रंग की रोशनी फैली थी और कोने में दो विदेशी लड़कियाँ एक-दूसरे के गिलास शेयर कर शराब का लुत्फ ले रही थीं। बीच-बीच में एक-दूसरे को चूम भी लेतीं...तीनों की नज़र रह-रहकर उन पर चली जाती। वहीं पास में एक टेबल पर एक साठ-पैंसठ साल का बुजुर्ग आँखों में वीरानगी के साथ उन दोनों विदेशियों को देख रहा था। पब के अन्य टेबलों पर लोग अपनी बातों में मशगूल थे। तीनों ने उन लड़कियों पर से अपनी नज़र हटायी और उनकी चर्चा फिर शुरू हुई। साढ़े आठ बज चुके थे।)

दूसरा नौजवान : लड़कियों को क्या हुआ। आपस में ही प्रेम...

तीसरा नौजवान : छोड़ो यार, दूसरों की टेंशन क्यों लेते हो। जो जैसे चाहे जिए...

दूसरा नौजवान : हाँ, हमें क्या, एक बात पूछूँ...

पहले और तीसरे नौजवान एकदम से हाँ में बोले।

दूसरा नौजवान : क्या तुम्हें कभी लगा नहीं कि वह कैरेक्टरलेस है? एक साथ तीन-तीन लड़कों से दोस्ती। अब ऐसा भी हो सकता है कि उसके हममें से क्या पता सभी के साथ जिस्मानी रिश्ते हों, लेकिन हम तीनों ही झूठ बोलते हों...

पहला नौजवान फुँफकारते हुए बोला : कतई नहीं, वह कैरेक्टरलेस नहीं है।

तीसरा नौजवान : मैं तेरा मुँह तोड़ दूँगा। तूने ऐसा बोला कैसे।

दूसरा नौजवान : अरे, मैं तो यूँ ही परख रहा था। मेरा यक़ीन करो।

बड़ी मुश्किल से दोनों शान्त हुए, और बात आगे बढ़ी।

पहला नौजवान : लेकिन आज उसने हमें यहाँ क्यों बुलाया है और कौन-सा सरप्राइज़ देने वाली है वो?

तीसरा नौजवान : सरप्राइज़ से याद आया। तुम्हें पता है उसने मेरे जन्मदिन पर कैसा सरप्राइज़ दिया था...

दूसरे नौजवान ने हैरत से पूछा : कैसा?

पहला नौजवान : कैसा?

तीसरा नौजवान : स्ट्रिप डांस...

पहला नौजवान : क्या उसने तुम्हारे लिए पोल डांस किया था?

दूसरा नौजवान : क्या स्ट्रिप...

तीसरा नौजवान : सुनो तो सही...हुआ यूँ था कि उसने एक बार मेरी वियर्डविश पूछी और वह भी सेक्स को लेकर। तो मैंने झिझकते हुए बताया कि मेरी चाहत स्ट्रिप डांस देखने की है। और तुम्हें पता है वह मुझे अपने साथ स्ट्रिप क्लब ले गयी। जहाँ मेरी आँखें खुली की खुली रह गयीं...मैंने कहा मैंने तो तुमसे कहा था स्ट्रिप डांस करने को...उसने बड़ी ही अदा से कहा था, 'तुमने मेरा नाम नहीं लिया, तुमने सिर्फ़ स्ट्रिप डांस देखने के लिए कहा था और अब देखो...फिर मेरे में वह अदाएँ और स्टाइल कहाँ।' और मस्ती भरे अन्दाज़ में उसने मुझे आँख मार दी थी। यार पूछो मत मेरी तो नज़रें ही नहीं उठ रही थीं...

पहला नौजवान : यह तो है, उसके साथ बोलना बहुत सोच-समझकर पड़ता है, क्योंकि वह कुछ भी करने से डरती नहीं है। एकदम बेबाक, लेकिन हमेशा यह बात मेरे जेहन में रही कि वह तुम लोगों के करीब कैसे आयी?

तीसरा नौजवान : पहले तुम बताओ?

पहला नौजवान : एक दिन मेरी कार ख़राब थी और मैं मेट्रो से जा रहा था, भीड़ कुछ ज्यादा थी। मेरे आगे एक लड़की भीड़ से कसमसा रही थी। लेकिन धक्का लगने से परेशान थी। मैं न चाहकर भी उससे दूरी नहीं बना पा रहा था। उसकी आँखों में काटो तो ख़ून नहीं। उसने मुझसे धक्का न देने के लिए कहा, मैंने सॉरी कहकर फिर बैलेंस बनाने की कोशिश की। लेकिन कुछ बदमाश लड़के धक्के देने से बाज नहीं आये, और एक समय पर आकर काम्या के धीरज का बाँध टूट गया और वह लगी मुझ पर चिल्लाने। वह स्पीड से बोली जा रही थी, मैं चुपचाप, सहजता से उसे सॉरी कहे जा रहा था, तभी उसकी नज़र पीछे खड़े लड़कों के चेहरे पर दौड़ती कुटिल मुस्कान पर गयी और उसे समझते देर नहीं लगी। यह सारी शरारत किसकी है। वह झेंपकर चुप हो गयी।

इतनी देर में स्टेशन आ गया और मैं नीचे उतर गया, उसके बाद मुझे किसी ने पीछे से आवाज़ दी। वह काम्या थी, उसने सॉरी कहा लेकिन मैंने समझाया कोई बात नहीं ऐसा हो जाता है। फिर हम एक-दो बार मेट्रो में मिले और फिर इस तरह दोस्ती हो गयी...

दूसरा नौजवान : मेरी तो ऐसे ही उससे दोस्ती हो गयी। एक दिन की बात है। मैं आदतन शाम के समय लोदी गार्डन में टहल रहा था। मैंने देखा, एक लड़की खामोशी से आँखों में आँसू लिए, सामने गुम्बद को देख रही है। मैं वहीं टहल रहा था, थोड़ी देर बाद क्या देखता हूँ, वह फूट-फूट कर रो रही है। मुझसे रहा नहीं गया और मैं उसके पास चला गया। पहले तो वह कुछ बोली नहीं। फिर उसने मुझसे जाने के लिए कहा। लेकिन मैं नहीं माना और वहीं उसके पास बैठ गया। वह कुछ सँभली, लेकिन कुछ बताया नहीं। फिर थोड़ा ओर सँभली, हम दोनों में बातें हुईं। फिर पता चला, उसका एक डॉगी था, कहीं खो गया है। मैंने उसे समझाया और उसके डॉगी की ब्रीड के बारे में पूछा। उसने मुझे सब कुछ बताया और उसकी फ़ोटो भी दिखाई। उससे विदा लेते समय मैंने उससे बातों-बातों में निकाल लिया कि वह कहाँ रहती है। मैं ठहरा पुराना दिलफेंक। मुझे वह जम गयी थी। मैंने सोचा कि क्यों न किस्मत आजमायी जाये, फिर अगले दिन वैसा ही डॉगी लेकर उसके घर पहुँच गया। फंडा फ़िल्मी है और काफ़ी पुराना भी। लेकिन मेरी दोस्ती के लिए कारगर रहा।

तीसरा नौजवान : मेरे साथ कुछ अलग ही रहा। शाम के आठ बज रहे थे और मैं अपनी बाइक से सरोजिनी नगर मार्केट से निकला था। लाल बत्ती हो चुकी थी और मैं खड़ा था। तभी देखा कुछ बदमाश टाइप के लड़के एक कार के पास खड़ी लड़की को तंग कर रहे हैं। वह लड़की उनका पूरी ताकत के साथ विरोध कर रही थी, लेकिन वह ठहरे हट्टे-कट्टे मुस्तंडे। मुझसे रहा नहीं गया। मुझे एक तरीका सूझा। मैं सीधा बाइक लेकर कार के पास गया और कहा अरे यार तुम्हारी गाड़ी यहाँ ख़राब हुई है और मैं तुम्हें वहाँ ढूँढ़ रहा था। तुमने फ़ोन पर बताया ही नहीं कहाँ खड़ी

हो, आओ देखते हैं तुम्हारी गाड़ी को क्या हुआ है। लड़के चुपचाप वहाँ से खिसक लिए, लेकिन काम्या भी हैरत में थी। लड़कों के जाने के बाद उसने मुझे बताया कि यह कार उसकी नहीं है। हम खूब हँसे और फिर दोस्त बन गये।

(इस तरह तीनों नौजवानों ने काम्या से मुलाकात की कहानी सुनाई। अब 8 बजकर 55 मिनट हो चुके थे। उनके चेहरे पर बेसब्री का भाव स्पष्ट नज़र आ रहा था और उनकी बातचीत का रुख लड़की के सरप्राइज़ पर चला गया, उनको लग रहा था कि आज वो इनमें से किसी एक से विवाह का प्रस्ताव रखेगी और उनमें से किसी को अपना जीवनसाथी चुनकर सरप्राइज़ देगी।)

पहला नौजवान : लगता है आज काम्या कोई फ़ैसला ले लेगी।

तीसरा नौजवान : हाँ, आज मुझे अपना जीवन साथी चुन लेगी।

दूसरा नौजवान : तुम इतने भरोसे से कैसे कह सकते हो? किसी को भी चुन सकती है।

उनमें बहस जारी थी, तभी घड़ी ने 9 बजने का इशारा किया। सबकी निगाहें पब के दरवाज़े की ओर गयीं। टाइट मैरून टी-शर्ट और ब्लैक जैकेट, ब्लू फ्लेयर्ड जीन्स और खुले बालों में काम्या कन्धे पर बेग टाँगे उन्हें ही ढूंढ़ रही थी। तीनों ने उठकर उसे अपनी ओर बुलाया। काम्या उनके पास एक टेबल पर बैठ गयी। वह हमेशा की तरह महक रही थी, उसके पास से आने वाली जादुई महक बदस्तूर जारी थी। जो इन तीनों को दीवाना बनाने के लिए काफ़ी थी। उन्होंने काम्या से पूछा क्या लोगी और उसके लिए वोदका मँगा दी। तीनों ने उससे एक साथ पूछा, तुमने हमें यहाँ क्यों बुलाया। क्या सरप्राइज़ है?

काम्या ने शॉट गटका और बोली : कंट्रोल यार, बी कूल, इतनी बेचैनी भी क्या है?

अब तीनों नौजवान : बताओ न, तुम आज हममें से किसी एक को चुनोगी न?

काम्या : पहले थोड़ा रिलैक्स से तो बैठने दो।

(तीनों टकटकी बाँधे उसे देखे जा रहे थे)

काम्या (पहले नौजवान से) : तुम एक सही राय देने वाले बहुत अच्छे दोस्त हो।

काम्या (दूसरे नौजवान से) : तुम समय पर कन्धा देने वाले हमसफर हो।

काम्या (तीसरे नौजवान से) : तुम दोस्त और हमसफर हो जिसके साथ रहने पर कभी कोई डर न लगे।

(सभी काम्या के मुँह से असल बात सुनने को बेचैन थे।)

काम्या : लेकिन मैं कुछ अलग हूँ। मैं किसी और से प्रेम करती हूँ। प्लीज़ तुम इसे अदरवाइज़ मत लेना। तुम आज जैसे मेरे लिए हो, ऐसे हमेशा ही रहोगे।

(तीनों की आँखों के आगे अँधेरा छा गया। रुँधे हुए गले से उन्होंने पूछा।)

तीनों नौजवान एक साथ : कौन है वह?

काम्या : मैं उसे चाहती हूँ लेकिन समाज हमें एक नहीं होने देगा। इसलिए मुझे हमेशा तुम लोगों का साथ चाहिए। बोलो हमेशा मेरा साथ दोगे न?

तीनों नौजवान एक साथ : चाहे कुछ भी हो हम तुम्हारा साथ हमेशा देंगे। क्या जात-बिरादरी का मामला है।

काम्या : गलत नहीं सोचोगे?

तीनों नौजवान एक साथ : नहीं सोचेंगे, अब दिखाओ भी कौन है, जिसको तुमने चुना है, फिर हम भी देखें हम कहाँ टिकते हैं। (तीनों के चेहरे पर हल्की मुस्कराहट थी, लगता था कि वह अपनी नियति के आगे हथियार डाल रहे थे।)

काम्या ने मोबाइल पर नम्बर मिलाया और बोली : अन्दर आ जाओ।

काम्या बोल पड़ी : गाइज, प्लीज़ बीपेशेंस...

तभी पब का दरवाज़ा खुला तो उन्हें कोई नहीं दिखा। दस-पन्द्रह सेकेंड बाद एक लड़की अन्दर की ओर आयी, जिसने ब्लैक स्कर्ट और क्रीम कलर की टॉप पहन रखी थी और उस पर घुटनों तक का ब्लैक कोट। ब्राउन बाल। डस्की कलर। स्टेप

कटिंग, कमाल थी। वह चुपचाप अन्दर दाखिल हुई और दरवाज़ा बन्द हो गया।

तीनों काम्या से मुखातिब हुए और एक साथ बोले : कहाँ है वह?

काम्या : यही तो है रोशनी...

तीनों नौजवान एक साथ : क्या...

काम्या : हाँ, मैं ऐसी ही हूँ...

चारों ने सँभलते हुए एक साथ कहा : तो क्या हुआ!!!

उन्होंने चेहरे पर मुस्कराहट लाते हुए उसके कन्धे पर हाथ रखा...और ख़ामोशी से उसे देखते रहे...हालाँकि तीनों के दिमाग़ में यही बात थी कि उनमें से कोई नहीं जीता...

डेडलाइन

'अब तुम जानना क्या चाहते हो? सब कुछ तो बता चुकी हूँ। तुम कुरेद-कुरेदकर भी काफ़ी कुछ निकलवाने की कोशिश कर चुके हो, तो फिर यह रोज़-रोज़ का तमाशा क्यों?'

'मैंने क्या कुरेदने की कोशिश की है? मैं तुमसे प्यार करता हूँ, इसलिए तुम्हारे बारे में हर बात जानने का हक़ तो रखता हूँ।'

'तो मैंने कब कुछ छिपाया है। सब कुछ तो बता दिया है।'

'मैं सच जानना चाहता हूँ। मुझे सच-सच बता दो कुछ नहीं कहूँगा तुम्हें।'

'जो सच था मैं बता चुकी हूँ। इसके अलावा मेरे पास कहने को और कुछ नहीं है। तुम जबरदस्ती मेरे मुँह से अपनी बात क्यों निकलवाना चाहते हो।'

'अपनी बात नहीं, तुम्हारी बात।'

'तुम्हें बताया तो उस रात मैं नीता के साथ थी। पूरी रात मैं उसके घर पर ही रही।'

'बहुत अच्छे मीताली। नाम भी ऐसी सहेली का लिया जो विदेश जा चुकी है। क्यों अब इसे मैं क्या समझूँ?'

'तुम्हें हुआ क्या है। हमेशा मीतू-मीतू कहने वाले आज मीताली पर आ गये। शादी से पहले तो मीतू-मीतू कहकर बौराए रहते थे। एक महीने में प्यार का बुख़ार उतर गया? अगर वह विदेश चली गयी तो इसमें मेरी क्या गलती है?'

'उसका ई-मेल आईडी ही दे दो या फेसबुक लिंक...मैं उससे पूछ लूँगा।'

'तुमने भी तो कितनी बार सर्च किया है, उसको फेसबुक पर मिली वो...ई-मेल आईडी नहीं है उसका मेरे पास...पुराने ई-मेल पर वह रिस्पॉन्स नहीं कर रही है। तुम्हें पता है कि कितनी जल्दबाजी में उसकी शादी हुई थी और वह कहाँ हम सब से मिल सकी थी...मुझे नहीं पता था कि इस तरह अग्निपरीक्षा देनी होगी।'

'बहुत खूब...अब मैं कैसे तुम पर यक़ीन करूँ...तुम्हारी तो किसी बात का कोई सिरा ही नहीं है।'

'राज तुम्हें मेरी बात पर यक़ीन करना चाहिए। हाँ, सिकन्दर ने मुझसे अपने साथ रात बिताने के लिए ज़रूर कहा था। वह नशे में था। मैंने इसका उसे माकूल जवाब भी दिया था। फिर रह क्या जाता है?'

'लेकिन मैंने उस रात तुम्हें उसके साथ पार्टी से बाहर जाते हुए देखा था?'

'अब पार्टी के बीच में तो इश्यू बना नहीं सकती थी। वैसे भी वह नशे में धुत था। इसलिए मैं उसे बात करने के लिए बाहर ले गयी थी।'

'यह भी तो सही है न कि तुम दोनों का अफेयर चल रहा था।'

'मेरी बातें मुझ पर मत चेपो प्लीज़...इट्स इनफ यार...सब तो मैंने बताया है...'

'तुम जैसी लड़कियाँ बहुत चालू होती हैं। सब बता दूँगी खुद को निर्दोष सिद्ध कर दूँगी। सोचती हैं कि पति से सब कह दो। उसका दिमाग़ तो होता नहीं है। सब मान लेगा...है न? कमाल की चाल है...'

'राज, अब ज्यादा हो रहा है। तुम जानते हो, सिकन्दर के बकवास करने पर ही मैंने उससे अपना अफेयर ख़त्म कर दिया था। तुममें एक अच्छा दोस्त और जीवन साथी देखकर ही आगे आयी थी। वैसे भी तुम ही मेरे पीछे-पीछे घूमते थे और सिकन्दर से मेरी दोस्ती टूटने के बाद ही तुम्हारे हौसले चढ़े थे।'

'अब तुम यह सब कहकर बात को टालने की कोशिश कर रही हो। मैं अपनी बीवी से सच्चाई जानना चाहता हूँ, बस।'

'जो बताया है, वही सच्चाई है। इससे ज्यादा मेरे पास कुछ नहीं।'

'मैं नहीं मानता।'

'ज़िद अच्छी नहीं। हमने नयी ज़िन्दगी में क़दम रखा है। उसे जीना चाहिए। गड़े मुर्दे और बेकार की बातों में नहीं उलझना चाहिए।'

'मीताली, मैं तुम्हें सच बताने के लिए तीन दिन का समय देता हूँ, अगर तुमने सच नहीं कहा तो हमारे रास्ते अलग हो जायेंगे। सच्चाई बताने पर सौ ख़ून माफ़।'

'बकवास बन्द करो। मेरी भी एक बात सुन लो। मुझे कमज़ोर मत समझो। जब मैंने कोई गुनाह नहीं किया है, तो मानूँगी भी नहीं। तुम जो चाहे करो और बोलो। अब तीन दिन में कोई नयी बात हो जाये तो अलग बात है...'

मीताली गुस्से में अपने कमरे में चली गयी। राज वहीं सोफ़े पर लेट गया। उसने अपनी नाइटी उठाई और नहाने के लिए बाथरूम में चली गयी। उसका दिमाग़ घूम रहा था। गुस्से से और राज की बातों से। महीने भर से मीताली और राज में काफ़ी तनातनी चल रही थी। हुआ यूँ था कि लगभग चार महीने चले अफेयर के बाद दोनों ने एक होने का फ़ैसला कर लिया था। मीताली को अजय का सुलझापन और सोच-समझकर बोलना बहुत पसन्द था। वह उसकी खूब केयर भी करता था।

X X X

दोनों ने महीने भर पहले ही कोर्ट मैरिज की और जब वे अपने घर पहुँचे तो उस रात मीताली ने सोचा कि क्यों न इस रिश्ते की शुरुआत सच के साथ की जाये। दो जिस्मों के एक होने की रात थी। दोनों ने कई ख़्वाब पाल रखे थे। मीताली राज की गोद में सिर रखकर लेटी थी और उसने बड़े प्यार से कहा था कि वह अपने नये जीवन की शुरुआत सच के साथ करना चाहती है और उसने राज को बताया कि लगभग आठ महीने पहले तक उसका

अफेयर सिकन्दर के साथ चल रहा था। न्यू ईयर ईव थी और पार्टी अपने शबाब पर थी।

सिकन्दर मीताली की कम्पनी में सीनियर मैनेजर था और ज़िन्दादिल, लम्बा-चौड़ा, खूबसूरत, बेबाक, मर्दानगी से भरा हुआ जो किसी भी लड़की के ख़्वाबों को पूरा करने की कूव्वत रखता हो। उसका दिल मीताली पर आया था और वह उस पर जान छिड़कता था, लेकिन उसे ड्रिंक करने की गन्दी लत थी, और इसी झोंक में वह अपने पर से आपा खो बैठता था।

न्यू ईयर के जोश और शराब के नशे में उसने मीताली से रात साथ गुजारने के लिए कहा था। पार्टी में राज भी मौजूद था और वह भी कनखियों से मीताली को देख लेता था। मीताली ने पार्टी से बाहर ले जाकर सिकन्दर को ख़ूब खरी खोटी सुनाई थी और तुरन्त पार्टी छोड़कर चली गयी थी। वह अपनी सहेली के साथ उसके घर पर ही रुक गयी थी। दोनों को घर छोड़ने का काम सिकन्दर ने ही किया था, हालाँकि गाड़ी नीता ने ड्राइव की थी। लेकिन उसके बाद मीताली ने उससे सब रिश्ते तोड़ लिए थे।

यह पूरा क़िस्सा मीताली ने राज को सुनाया और अपने सीने पर से बोझ कम कर लिया लेकिन उसे नहीं पता था कि जिस सपनों के घर को वह बनाना चाहती थी, उसे उसकी यह सच्चाई ढहा कर रख देगी। इस दिन के बाद से राज के मन में शक़ घर कर गया और वह लगातार सच जानने की बात करने लगा था।

मीताली नहाकर आ चुकी थी और बिस्तर पर लेटी अपने ख़यालों की दुनिया में डूबी थी। उसने सोचा सिकन्दर के जाने के बाद जीवन में राज ने दस्तक दी थी। कितना प्रेम करता था। कभी आँख उठाकर भी नहीं देखता था। सिकन्दर के दिये गये घावों पर उसने मरहम का काम किया था और ख़त्म होती उसकी उम्मीद को ज़िन्दा किया था। हरदम उसके साथ रहता और हँसाता फिरता था। कितना प्यारा था।

वह खुद को कोसने लगी कि आखिर उसे सच बताने की ज़रूरत ही क्या थी। लेकिन मीताली की फितरत झूठ बोलने की

नहीं रही थी। वह सच्चाई की बुनियाद पर ही इस नये रिश्ते की नींव रखना चाहती थी। वह प्यारे और भोले राज को छलना नहीं चाहती थी। लेकिन उसने नहीं सोचा था कि उसकी जन्नत में इस तरह आग लगेगी। यह सोचते-सोचते कब उसकी आँख लग गयी, मीताली को पता ही नहीं चला।

X X X

अगली सुबह मीताली की आँख खुली तो उसने देखा कि राज अब भी बिस्तर पर औंधा पड़ा है। उसे सोते हुए राज पर बहुत प्यार आया। उसने बड़े प्यार से राज के सिर पर हाथ फेरा और मुस्कुरा दी। बेशक वह उससे नाराज़ थी, लेकिन वह बात को ख़त्म करना चाहती थी। उसे एक शरारत सूझी। उसने फटाफट बाथ लिया और गीले बालों में अपने शरीर पर तौलिया लपेटे बाहर आयी। उसने चाय बनाई और चाय को सोफ़े के आगे पड़े मेज़ पर रख दिया। उसने राज के गालों को बड़े प्यार से चूमा। वह ऐसे हड़बड़ाकर उठा जैसे उसे किसी ने काट खाया हो। वह गुस्से में जाने लगा तो मीताली ने बड़े ही प्यार से फ़िल्मी अन्दाज़ में उसकी बाँह पकड़ ली और बोली, 'रुको न हुजूर...अभी तक गुस्से में हो...रात गयी बात गयी...आओ न...'

'बात नहीं गयी...तीन दिन की डेडलाइन है...याद रखना।'

'चलो ठीक है बाबा। देखो आज किस स्टाइल में तुम्हारे लिए चाय लायी हूँ।' अपनी वॉयस में सेक्सी अन्दाज़ लाते हुए और आँखों में मादकता बहाते हुए उसने खुद को राज पर लगभग गिराते हुए कहा, 'चाय नहीं पियोगे,' मीताली की आवाज़ काँप रही थी, और पुष्ट छाती राज के सीने को लगभग छू रही थी।

उसने एकदम से मीताली को अपने से ऐसे अलग कर दिया जैसे उसे 440 वोल्ट का करंट लगा हो। इस तेज़ झटके से मीताली का तौलिया छाती से नीचे सरक गया और ज़मीन पर गिर गया। अब वह राज के सामने निर्वस्त्र खड़ी थी।

राज ने बड़ी बेरुखी से कहा, 'अब यह क्या त्रिया चरित्तर रच

रही हो। अपनी डेडलाइन के बारे में सोचो और मैं इन चोंचलों से बहकने वाला नहीं।'

वह गुस्से में अन्दर चला गया और मीताली बिना कपड़ों के वहाँ हक्की-बक्की खड़ी रह गयी। उसे अपनी देह बेजान लग रही थी। वह उसे छोड़कर इस शरीर से बाहर निकल जाना चाहती थी। उसका गुस्सा भी अब सातवें आसमान पर था और वह भी दफ़्तर जाने के लिए तैयार होने चली गयी।

इन सब चक्करों और ट्रैफिक जाम होने की वजह से ऑफिस पहुँचने में देर हो गयी थी। ऑफिस में अपनी सीट पर बैठी ही थी कि उसे वहाँ पड़ा एक लिफ़ाफ़ा मिला। उसे लगा ज़रूर अब जाकर सिकन्दर ने अपना बदला ले लिया होगा क्योंकि कुछ दिन पहले उसकी सहेली रमा को अपनी टेबल पर ऐसा ही लिफ़ाफ़ा मिला था और उसे ऑफिस से चलता कर दिया था।

इन मुश्किल भरे दिनों में एक और मुसीबत का एहसास पाकर उसका दिमाग़ फिर से चकराने लगा था। उसने जैसे-तैसे हिम्मत करके लिफ़ाफ़ा खोला। उसने लेटर पढ़ा तो उसकी खुशी का ठिकाना नहीं रहा। जिस प्रोजेक्ट पर वह काम कर रही थी, उसके सक्सेस को देखते हुए उसे प्रमोशन के साथ ही हर महीने 15,000 रु. की बढ़ोतरी मिली थी।

उसने तुरन्त मोबाइल उठाया और वह राज का नम्बर मिलाने लगी। लेकिन तभी उसने हाथ खींच लिया और सोचा क्यों न लंच उसके साथ किया जाये। शायद यह ख़बर सुनकर ही मान जाये। उसने तुरन्त गाड़ी उठाई और अपने ऑफिस से कुछ ही दूर पड़ने वाले राज के ऑफिस पहुँच गयी।

वह ऊपर राज के पास नहीं गयी और उसे रिसेप्शन पर ही बुला लिया यह कहकर कि कोई लड़की मिलने आयी है। उसने जैसे ही मीताली को देखा तो खिसियाई हँसी हँस दी। एकदम खुशी के साथ वह उसे बाहर लेकर आयी और वह लेटर उसके हाथ में थमा दिया और बोली, 'मेरी तरक्की हो गयी है। मैं सीनियर मैनेजर बन गयी हूँ और 15,000 रु. का इनक्रीज भी मिला है।'

कॉन्ग्रेट्स...

'कॉन्ग्रेट्स से काम नहीं चलेगा। मुझे लंच कराना होगा।' वह बात करते-करते अब तक ऑफिस के सामने वाली सड़क के किनारे की फ़ुटपाथ पर आ गये थे।

'खुशी तुम्हें होगी मुझे नहीं, सिकन्दर तुम्हारा एमडी है, तो तुम्हें यह पोस्ट मिलेगी ही। अभी तो आगे-आगे देखना...।'

'डोंट क्रिएट सीन अगेन...यार। लेट्स इंजॉय डे। अब छोड़ो भी सब बातें और मज़े करते हैं, पुराने दिनों की तरह।'

'मुझे तुमसे नफरत होने लगी है। तुमने मुझे कहीं का नहीं छोड़ा। मुझे हर वक़्त सिकन्दर और तुम हमबिस्तर होते नज़र आते हो। वैसे भी मुझे बचपन से ही सेकेण्ड हैंड चीज़ें मिली हैं, चाहे वह किताबें हों, कपड़े हों या फिर कुछ और सामान। और अब बीवी भी...'

'शटअप राज!!! अपनी कुण्ठाएँ मुझ पर क्यों थोप रहे हो। मैं तुम्हारे साथ खुशियाँ बाँटने आयी थी, लेकिन तुम तो यार सुनने को ही तैयार नहीं हो....'

'मुझे सीट पर लौटना है, काफ़ी काम है...'

'मुझे अकेला छोड़कर जाओगे?'

'तुम्हें जहाँ जाना हो जाओ।'

'राज, मत जाओ प्लीज़...प्लीज़ यह इनसल्ट मैं बर्दाश्त नहीं कर पाऊँगी...प्लीज़।'

'जो सोचना हो सोचो...गो टू हेल।'

'प्लीज़, ऐसे मुझे इस सड़क पर अकेले छोड़कर मत जाओ, प्लीज़...'

राज के कानों में उसकी आवाज़ नहीं पड़ रही थी और वह उसकी किसी बात की कोई परवाह किये बगैर ही अपने दफ़्तर में घुस गया।

मीताली वहीं पत्थर की मूरत बनकर खड़ी थी। उसे लग रहा था कि तौलिया सुबह नहीं गिरा था, वह तो अब जाकर शरीर से उतरा था और अब वह पूरी दुनिया के सामने नंगी खड़ी थी।

सिर्फ़ एक देह। आर-पार दिखने वाली देह। वह इस देह को छोड़ देना चाहती थी। दिमाग़ उसका काम करना बन्द कर चुका था। उसे ऐसा लग रहा था न जाने कितने हाथ उसके अंगों से खेल रहे हैं। वह एकदम नंगी है और हज़ारों लोग उसकी देह को नोचने की ख़ातिर क़तार में लगे हुए हैं।

अचानक दूर सड़क से आयी हॉर्न की आवाज़ ने उसे इन ख़यालों की दुनिया से बाहर निकाला। उसका दिमाग़ अब तक एकदम साफ़ हो चुका था। अब उसके दिमाग़ में कुछ नहीं चल रहा था, सिर्फ़ अपने अपमान की आग धधक रही थी। उसने तुरन्त अपना मोबाइल निकाला और एक नम्बर मिलाया। उसने तुरन्त दूसरी ओर मौजूद शख़्स से कहीं आने के लिए कहा और ख़ामोशी से अपनी कार में बैठी और वहाँ से चली गयी।

उसने अपनी कार एक होटल के आगे रोकी और फ़ोन करके किसी से कमरे का नम्बर पूछा। वह एक घंटे बाद होटल पहुँची थी। वह अनमनी-सी यहाँ-वहाँ गाड़ी दौड़ाती रही थी। वह दनदनाती हुई लिफ्ट में चली गयी। अब उसके अन्दर कुछ नहीं चल रहा था। उसे रूम नम्बर 1010 में जाना था। उसने रूम की डोर बैल बजाई तो दूसरी ओर दरवाज़े पर सिकन्दर खड़ा था। उसके अन्दर आते ही सिकन्दर ने एकदम से पूछा, 'क्या बात है यार, एकदम से यूँ होटल का कमरा बुक करने को कहा। क्या हुआ?'

'क्या करोगे जानकर...'

सिकन्दर हैरान था और उधर मीताली ने एक झटके में अपना टॉप उतार दिया था और दूसरे ही पल उसका हाथ स्कर्ट की चेन पर था, कमरे में इस कद्र शान्ति पसरी थी कि उसके चेन खोलने की आवाज़ साफ़ सुनाई दे रही थी। सिकन्दर एकदम से मीताली की तरफ़ गया और उसका हाथ रोक लिया। बोला, 'अरे, यार यह क्या कर रही हो? अब तुम शादीशुदा हो। तुम पागल हो गयी हो क्या?'

मीताली के चेहरे पर कोई भाव नहीं था, वह अपनी देह पर सिकन्दर की निगाहों को साफ़ महसूस कर रही थी। उसने कहा,

'तुम यही तो चाहते थे। उस रात भी यही न...तो आज ही सही। खास अन्तर नहीं आया है मुझमें।'

'इस सबकी क्या ज़रूरत है...'

'अब यह ड्रामा बन्द करो सिकन्दर। हासिल कर लो मुझे। अगर तुम नहीं चाहते तो कोई बात नहीं मैं किसी और को ढूँढ़ लूँगी।' लेकिन सिकन्दर अब तक अपने रंग में आ चुका था। वह मीताली की देह से कपड़े उतारने लगा तो उसने उसके हाथ दूर झटक दिये और एक झटके में वह उसके सामने न्यूड थी। शायद उसके शरीर के कपड़े तो काफ़ी पहले ही उतर चुके थे, मीताली के लिए तो यह बस खोल बचे थे जिन्हें उसने उतार दिया था।

सिकन्दर उसकी देह से खेलने लगा। मीताली एक बेजान शरीर की तरह बिस्तर पर पड़ी थी और धीमे-धीमे चलते पंखे को देख रही थी। उसके लिए पिछला एक महीना भी तो यूँ ही बीता था, रेंग-रेंगकर, बिना किसी ठण्डी हवा के झोंके के। उधर, सिकन्दर के हाथ पूरी हरकतों में थे, लेकिन मीताली को कुछ एहसास कहाँ था। वह तो निर्जीव पड़ी थी। तभी उसे राज का ख़याल आया तो मन नफरत से भर गया और आँसू उसकी आँखों से ढुलक पड़े थे। वह एकदम से उठी और उसने होटल की खिड़की के परदों को हटा दिया और कमरे में रोशनी भर गयी। सिकन्दर हैरान था।

उसने पूछा, 'क्या कर रही हो...पागल हो गयी हो क्या?'

'नहीं, होश में आ गयी हूँ। मुझे दुनिया से कोई फ़र्क नहीं पड़ता है...' और वह एकदम से बिस्तर पर गिर गयी। सिकन्दर ने परदे एकदम से बन्द किये और वह मीताली पर टूट पड़ा। वह उसे जीत लेना चाहता था, वह अपनी हर हसरत पूरी कर लेना चाहता था। लेकिन मीताली के लिए इस समय देह कोई मायने नहीं रखती थी। वह सच कहना चाहती थी और राज को हर राज़ बता देना चाहती थी। फिर सच बोलने का जो भी अंजाम हो। सिकन्दर ने जैसे ही खुद को मीताली में डुबोने की कोशिश की तो मीताली ने उसे एकदम से रोक दिया और उसकी ओर

पीठ करते हुए बोली, 'नहीं, राज यह नहीं...मैंने तुम्हें अपना अतीत दिया है, भविष्य नहीं...।'

उसने सिकन्दर की ओर करवट ले ली और उसका संगमरमर जैसा बदन सिकन्दर को पागल किये जा रहा था। उसे अपनी मर्दानगी को शान्त करने के लिए इतना ही काफ़ी था और वह उससे कसकर सिमट गया और उस दुनिया में पहुँचा जिस तक मीताली ने किसी को नहीं पहुँचने दिया था और शारीरिक रूप से बेशक सिकन्दर वहाँ पहुँचा था लेकिन मीताली के मन में किसी के लिए कोई भाव नहीं बचे थे। लगभग एक घंटे तक सिकन्दर अपनी मर्ज़ी से इस टूट चुके मीताली रूपी खिलौने से खेलता रहा। और मीताली भी बेजान खिलौने की तरह उसे मन बहलाने के मौके देती रही लेकिन फिर भी गेम उसने अपने हाथ में ही रखा।

सिकन्दर उससे अलग हुआ। मीताली ने कहा, 'खुश सिकन्दर...अब कोई इच्छा बाक़ी है...शायद बाक़ी होगी...लेकिन वह हमेशा ऐसे ही रहेगी...' मीताली ने अपने कपड़े समेटे और तेज़ी से पहनने लगी। सिकन्दर ने उसे बाँहों में भरने की कोशिश की तो वह तुनककर बोली, 'डोंट टच मी...सिकन्दर जो मैंने किया वह अपनी मर्ज़ी से किया...तुमसे प्यार या किसी फीलिंग के लिए नहीं, प्लीज़ लिव इन योर लिमिट।'

अभी सिकन्दर ने कपड़े पहने भी नहीं थे कि मीताली तैयार हुई और उसे बिना कुछ बोले कमरे से बाहर निकल गयी। वह बाहर निकली और अपनी गाड़ी में बैठकर फिर यूँ ही सड़कों पर इधर-उधर घूमने लगी। बिल्कुल उस इंसान की आत्मा की तरह जिसकी अकाल मृत्यु हो गयी हो और अब उसे ईश्वर ने भटकने के लिए छोड़ दिया हो। कुछ देर यूँ ही भटकने के बाद उसने घर जाने का फ़ैसला लिया और सोचने लगी कि आज मेरे पास राज की हर बात का जवाब है। अब मेरे लिए इस रिश्ते को आगे बढ़ाना मायने नहीं रखता है। सच बोल दूँगी उसे और हो जायेंगी राहें अलग।

आधे घंटे बाद घर पहुँची तो फ्लैट के आगे पहुँचकर उसने

देखा कि ताला लगा हुआ है। वह बैग में चाबी टटोलने लगी तो उसे कुछ नहीं मिला। सुबह गुस्से में वह घर की चाबी ले जाना ही भूल गयी थी। वह वहीं सीढ़ियों पर बैठकर राज का इन्तज़ार करने लगी। आज उसकी आत्मा पर कोई बोझ नहीं था। वह तैयार थी सब कुछ बताने को।

लगभग घंटे भर बाद उसने देखा कि लिफ्ट से राज निकला। मीताली ने उसे देखकर कोई एक्सप्रेशंस नहीं दिये और वहीं मूरत की तरह खड़े होकर उसके दरवाज़ा खोलने का इन्तज़ार करने लगी। वह एकदम से आया और उसने दरवाज़ा खोलने के बजाय मीताली को गले लगा लिया और अपने पाश में कसने लगा। मीताली ने खुद को छुड़ाने की कोशिश की। तो वह एकदम से बोला, 'अरे यार, अब तक नाराज़ हो। चलो बाबा माफ़ कर दो। अब आगे से ऐसी कोई बात नहीं करूँगा।'

इस बीच राज ने दरवाज़ा खोला और दोनों अन्दर आ गये। मीताली बोली, 'ऐसा ड्रामा क्या कर रहे हो। तुम्हारी डेडलाइन का क्या? मेरे पास सारे जवाब हैं।'

'अब छोड़ो मीतू बेकार की बातें।'

'व्हाट?'

'मुझे सच पता चल गया है।'

'क्या पता चल गया है?'

'यही मीतू कि तुम उस रात नीता के साथ ही थीं।'

'यह दिव्य ज्ञान तुम्हें कैसे हासिल हुआ?'

'मुझे सब नीता ने ही बताया। तुम्हें पता है, वह दो दिन पहले ही भारत आयी थी। आज जैसे ही उसे मौक़ा मिला, वह पता लगाते हुए तुम्हारे ऑफिस पहुँची। तुम उसे वहाँ मिली नहीं। उसने तुम्हारा मोबाइल नम्बर भी लिया शायद अनरीचेबल आ रहा था। उसने तुम्हारे ऑफिस से मेरी इन्फो भी ले ली थी, और वह मेरे ऑफिस आयी। हम लोग एक कैफे में गये और मुझे अनमना देख जब उसे अजीब लगा तो मैंने पूरा क़िस्सा सुना दिया। वह मेरी बेवकूफी पर ख़ूब झल्लाई और उसने बताया कि तुम उस

रात उसी के साथ थीं। इतना ही का काफ़ी नहीं था कि वह ख़ूब ग़ुस्से में थी, उसने कहा कि चाहो तो चौकीदार से भी पूछ सकते हो। किस तरह उस रात सिकन्दर नीता के घर तक आया था और उसने तुमसे गेट पर खड़े होकर माफ़ी माँगी थी। मैंने उससे माफ़ी माँगी और अब तुमसे भी सॉरी कहता हूँ प्लीज़...वैसे तुम्हें हमने बहुत ढूँढ़ा लेकिन तुम नहीं मिलीं। चलो कोई बात नहीं अन्त भला तो सब भला।'

'वैसे तुम पूछोगे नहीं कि मैं कहाँ थी...'

'कोई ज़रूरत ही नहीं है। आई ट्रस्ट यू...' यह कहकर वह उससे लिपट गया। मीताली भावशून्य खड़ी थी और राज था कि मीताली को अपने में समा लेने के लिए बेकरार था...

बास्टर्ड

सुबह के दस बज चुके थे और रोज़ की तरह घर में सन्नाटा पसरा था।

श्रुति बिस्तर पर औंधी पड़ी थी। देखने से पता भी नहीं चले कि सो रही है या बस यूँ ही पड़ी है। रात को देर से लौटी थी।

हैंगओवर उसे उठने नहीं दे रहा था। कुछ देर बाद उसके जिस्म में कसमसाहट हुई और उसने अधमिची आँखों से घड़ी को देखा। घड़ी देख मुँह फेर लिया। आज बुधवार था, यानी छुट्टी का दिन। समय की वह कतई मोहताज नहीं थी।

उसने बहुत सोच-समझकर इस दिन अपना वीकली ऑफ रखा था। न घर पर किसी का आना और न किसी से मिलने के लिए उसके घर पर जाना, मिलना हो तो हर कोई अपने दफ़्तर में रहता। बुधवार के दिन छुट्टी किसकी होती है!

हिम्मत करके श्रुति बिस्तर से उठी। मुँह नीचे किये हुए, कुछ देर नशेड़ियों की तरह बिस्तर पर ही बैठी रही। उसे सिर घूमता-सा लग रहा था। टाँगें उठ नहीं रही थीं। उसने अनमने अन्दाज़ में अपने स्लीपर ढूँढ़े और पहनकर बाथरूम की ओर चली गयी। बाथरूम के रोशनदान से जुलाई माह की धूप रोशनी का काम कर रही थी। श्रुति ने बड़े ही बेपरवाह अन्दाज़ से आईने के पीछे से टूथ ब्रश निकाला और यंत्रवत दाँत माजने लगी।

छुट्टी के दिन श्रुति का काफ़ी समय बाथरूम में ही बीतता, जैसे ब्रश करना, फिर कपड़े धोने के लिए मशीन लगाना, नहाना और भी कई काम।

उसे घर का यह कोना पसन्द भी था क्योंकि उसे यहाँ मिलने वाली फीलिंग में मज़ा आता था कि वह यहाँ अकेली नहीं होती। अकसर कबूतर रोशनदान में अपनी आँखों में मासूमियत और कई सवाल लिए उसे देखते रहते। वह उसे बहुत अच्छा लगता।

उसे सबसे अच्छा तब लगता था, जब वह नहाने के लिए अपने जिस्म से एक-एक कपड़े उतारती और वह कबूतर वैसे ही आँखों में हैरानी लिए उसे घूरते रहते। वह उन्हें देख मुस्कराती। अपने जिस्म से कपड़ों को बिल्कुल उसी तरह उतारती, जैसे कोई प्रेमिका अपने प्रेमी को लुभाने के लिए करती। वह हर कपड़े को उतारने से पहले कबूतर की ओर ऐसे देखती जैसे परमिशन माँगती हो कि आगे बढ़ूँ। श्रुति की आँखों में मादकता रहती। वह अपने संदली बदन को कबूतरों को यूँ दिखाती जैसे किसी प्रेमी को उसकी प्रेमिका अपने काम बाणों से घायल करे।

वह मूक प्राणी तो उसे बस आँखों में हैरानी लिए घूरता रहता। नहाने और फिर कपड़े पहन लेने के बाद श्रुति को अपने इस पूरे शगल पर तेज़ हँसी आती और वह कबूतर की ओर फ्लांइग किस करते हुए आँख मारती। अपने गीले बालों को कसकर बाँधती, कभी-कभी तो वह उन गीली जुल्फों को कबूतरों की ओर छिटक देती और सीटी मारती हुई बाहर निकल जाती।

उसे उस निरीह प्राणी के साथ यह बेकार की ठिठोली करने में रस मिलता। यह सब करने पर वह शरीर में रोमांच का एहसास पाती। अकसर वह कमरे में घंटों बिना कपड़ों के ही बिस्तर पर लेटी रहती।

श्रुति को छुट्टी के दिन कपड़ा पहनना पसन्द नहीं था। घर में अकेली थी। ऊपर का मकान था। ले-देकर एक मकान मालकिन जो बुजुर्ग महिला थी। बमुश्किल ही ऊपर आती थी। बस, पूरी आज़ादी। श्रुति कहती कि कपड़ों में खुद को फील नहीं कर सकते। एक बनावटी खोल रहता है। उसका सारा दिन यूँ ही बीत जाता। अगर पहनना भी होता तो यदा-कदा एक गाउन पहन लेती। जिसमें से उसके बदन की सुन्दरता छिपाए नहीं छिपती थी।

दोपहर होते-होते श्रुति ने अपना सारा काम खत्म कर लिया था। खाने का मन था नहीं तो उसने पिज्जा मँगा लिया। पिज्जा का इन्तज़ार करते हुए वह बेड पर किताब लेकर बैठ गयी और कॉफ़ी का मज़ा लेने लगी। उसकी नज़र सामने गयी तो वहाँ से बाथरूम साफ़ नज़र आ रहा था और अब कबूतर नहीं, बल्कि उनका जोड़ा वहाँ बैठा था। दोनों एक-दूसरे को प्रेम भरी निगाह से देख रहे। श्रुति आँखों में एक प्यास लिए दोनों को निहारे जा रही थी। वह देख रही थी कि किस तरह कबूतर बार-बार कबूतरी को अपने पंखों में छिपा रहा था। बिल्कुल वैसे, जैसे कभी राजीव ने उसे अपनी बाँहों में समाया था। श्रुति को लगा कि कबूतरी भी बिल्कुल वैसा ही एहसास पा रही होगी। तभी कबूतरी ने बड़े ही प्रेम से अपनी चोंच कबूतर के सीने में हिलाई तो रोमांच के मारे कबूतर अपनी जगह पर ही फड़फड़ाकर रह गया। श्रुति एकटक उनकी लवमेकिंग को देख रही थी। कबूतरी की कबूतर को लुभाने की यह अदाएँ, बहुत भा रही थीं। रह-रहकर राजीव उसकी स्मृतियों में घूम जाता था। न चाहते हुए भी राजीव उसके आगे खड़ा हो रहा था। बिल्कुल कबूतर की तरह और श्रुति अपनी स्मृति में अपनी चोंचें उसके सीने में समाए जा रही थी।

उसका बालों भरा सीना। उसके मज़बूत कन्धे। शरीर पर पड़ता उसका भारी वज़न। सब कुछ श्रुति को अतीत में खींचे ले जा रहा था।

नहीं...नहीं! श्रुति ने खुद को अतीत में जाने से रोका। वह रसोई की ओर चली गयी। तभी उसके मोबाइल पर रिंग हुई तो उसने देखा कि उसके बॉस का नम्बर है। उसने बड़े ही अनमने ढंग से फ़ोन उठाया और बोली, 'हैलो, सर।'

'हाय, श्रुति कैसी हो। आज कुछ खास कर रही हो।'

उसने जवाब दिया, 'हाँ, सर एक रिश्तेदार बीमार है, वहाँ जा रही हूँ।'

'ओह! आज राकेश आया नहीं, मुझे लगा तुम्हें बुला लेते हैं।'

'सर, मैं घर से निकल रही हूँ। वहीं देर हो जायेगी।'

बॉस ने डोंट वरी कहकर फ़ोन रख दिया।

श्रुति अकसर छुट्टी के दिन बॉस का फ़ोन आने से गुस्से से तमतमा जाती थी। अकसर बॉस का ज़िक्र आते ही उसकी आँखों के आगे अपने डैड का चेहरा घूम जाता था। और फिर सारा दिन नाश हो जाता। राजीव का ध्यान...बॉस का चेहरा...डैड की याद... जब सब असहनीय हो गया तो वह उठी और उसने फ्रिज में पड़ी बीयर केन निकाली और एक बड़ा घूँट भरा। अब तक पिज्जा वाला आ गया था। उसने पिज्जा लिया और सोच में डूब गयी।

बैकग्राउण्ड (अतीत के आँगन में)

अब उसकी आँखों में वह दिन साफ़ घूम रहा था, जब मॉम-डैड में लड़ाई हो रही थी। मॉम चिल्लाए जा रही थीं और डैड थे कि उसकी कुछ सुन ही नहीं रहे थे...

'साली छिनाल, अगर मुझे पहले पता होता, तेरे कई यार हैं, तो साली लात मार के घर से निकाल देता।'

'क्या बकवास कर रहे हो। अब क्या किया है मैंने। अगर मैं किसी से हँस-बोल लूँ तो यह गुनाह है।'

'नहीं, तेरा तो किसी और के साथ सोना भी गुनाह नहीं है।'

'कुछ बोलोगे भी अब क्या आफत आ गयी है।'

'यह बता, जिसके साथ तू आज बाज़ार में खड़ी थी वो कौन था।'

'अरे, अपनी सोच को इतना गन्दा मत बनाओ, तुम जानते हो मुझे अस्पताल का कुछ सामान खरीदना था इसलिए वह क्लर्क था मेरे साथ...।'

'मैं सब जानता हूँ। तुझे कौन-सा सामान खरीदना था।'

'बन्द करो, यह बकवास, शीतू दूसरे कमरे में है, अब वह बच्ची नहीं है, उसके सामने ऐसी बातें करना गलत है...'

'तेरा इश्क़ लड़ाना गलत नहीं है।'

'मैंने कौन-सा इश्क़ लड़ा लिया।'

'अच्छा तो रमेश से तेरे क्या सम्बन्ध थे?'

'क्या बात कर रहे हो तुम, 18 साल पुरानी बात घसीट रहे हो। वह कॉलेज की दोस्ती थी और तुम्हें सब कुछ बता दिया था शादी से पहले। अब तुम उस बात को उछाल रहे हो।'

'मैं नहीं उछाल रहा तुम मुझे मजबूर कर रही हो।'

'बस करो, अजित। अब बहुत हो गया। प्लीज़, भगवान के लिए...'

'अब चुभी न मेरी बात...'

'हाँ, चुभी। इनसान हूँ मैं। मैंने ईमानदारी से तुम्हें अपने बारे में बता कर गलती की, आज मुझे ऐसा लगता है। तुम बेकार की बात को खींचते रहते हो। शर्म आनी चाहिए और क्या-क्या आरोप लगाओगे।'

'जो मुझे लगेगा, वह मैं करूँगा। सच बोला तो आग लगी न।'

'जो तुम्हारी मर्ज़ी आये बोलो। अगर तुम्हें लगता है कि मेरा अभी तक का जीवन दूसरों के आगे अपने शरीर को परोसते हुए बीता है, तो यही सही...'

शीतू को माँ के आँखों से बहते आँसू साफ़ नज़र आ रहे थे। वह पर्दे से आगे आयी और माँ को चुप कराने लगी। अजित ने तब तक अपने हाथ का गिलास खाली कर दिया था। उसकी आँखें लाल थीं, उसने शीतू को देखते हुए कहा, 'छिनाल, यह बेटी भी तूने किसी और की अपनी कोख में डाली होगी। तभी तो इसकी नीली आँखें हैं और इसके नैन-नक्श तो मुझसे मिलते नहीं।'

दिव्या की आँखों में आँसू थे। लेकिन वह इस आरोप को गले से नहीं उतार सकी। वह नागिन की तरह फुफकारते हुए अजित की ओर लंपकी, 'मेरी कोख को गाली मत देना। तुम इतना गिर सकते हो, मैं सोच भी नहीं सकती। अपनी बेटी को दूसरे की... छी...अजित।'

अब तक शीतू माँ को सँभाल चुकी थी और अजित उनकी ओर थूकते हुए दूसरे कमरे में चला गया। अजित की पीने की लत और नौकरी छूटने ने दिव्या के जीवन को नरक बना डाला था। दिव्या शीतू को अपनी बाँहों में लिए रोए जा रही थी।

इस घटना के बाद से अजित के व्यवहार में शीतू और दिव्या के प्रति खिंचाव दिखने लगा। वह दोनों से कटा-कटा रहता।

वह शुक्रवार का दिन था और दिव्या की नाइट ड्यूटी शुरू हो रही थी। हमेशा की तरह दिव्या ने शीतू और अजित का खाना बनाया। दोनों को खाना खाने के लिए कहकर शाम को आठ बजे ड्यूटी पर चली गयी। अजित की आँखों में बेगानापन देख उसे कुछ अजीब लगा।

उसने दफ़्तर पहुँचते ही शीतू से फ़ोन पर बात की कि सब ठीक है न। शीतू ने भी सब ठीक होने की बात कही। फ़ोन के बाद शीतू अजित को खाना परोसने गयी तो वह नशे में धुत था। शीतू ने उसे खाने के लिए कहा तो वह कुछ नहीं बोला और अपने कमरे में चला गया।

शीतू को पापा का यह व्यवहार अच्छा नहीं लगा। वह अपने कमरे में चली गयी। रात के दस बज चुके थे और उसने बाथरूम में जाकर सोने का गाउन पहनने के लिए कपड़े उतारे तो उसे ऐसा लगा जैसे किसी की आँखें उसके शरीर पर घूम रही हों। लेकिन आस-पास देखा तो कोई नहीं था। शीतू ने कसकर दरवाज़ा बन्द किया और अनमनी-सी सो गयी।

अगले कुछ दिन तक उसे डर लगता रहा। अब उसने रात को नाइटी पहननी बन्द कर दी थी। उसे ऐसा लगता जैसे कोई रोशनदान से उसे घूर रहा हो।

एक दिन शाम को जब वह डैड को चाय देने पहुँची तो अजित ने उसे बड़े ही प्यार से पास बिठाया और बातें करने लगा। अजित का यह व्यवहार शीतू को अच्छा लगा और वो कंफर्टेबल होकर डैड के पास बैठ गयी।

इतने में दिव्या भी आ गयी। उसने देखा अजित बड़े ही प्रेम से शीतू के कन्धे पर हाथ रखकर उसे अपने पास लिए बैठे बातें कर रहा है। उसे अच्छा नहीं लगा।

यह सिलसिला कुछ दिन चलता रहा, अजित कुछ ज्यादा ही प्रेम दिखाने लगा था, शीतू को लेकर। दिव्या का प्यार था या शीतू

को लेकर उसकी चिन्ता। अब उसे ऐसा लगता शीतू का घर पर अकेला रहना ठीक नहीं।

दिव्या ने अजित से दामन छुड़ाने का फ़ैसला कर लिया था। वह अपनी नाइट ड्यूटी के बाद अपनी 17 साल की धरोहर को लेकर अलग होने वाली थी। उसने फ़ैसला किया और अगले कुछ दिन की नाइट ड्यूटी में शीतू दिव्या के सामने ही होती। रात को उसी के ड्यूटीरूम में सोती...

इश्क़ नहीं आसां

श्रुति अपनी यादों के झरोखे से बाहर आ चुकी थी। मॉम-डैड के अलग होने के बाद उसने ग्रेजुएशन किया। उसने एक इंग्लिश न्यूज़पेपर में नौकरी कर ली और वह चण्डीगढ़ से दिल्ली शिफ्ट हो गयी। उसकी आँखें नम हो चुकी थीं।

वह अतीत के झटकों से उबरने की कोशिश करने लगी। अब उसे राजीव का ध्यान हो आया। उसके जीवन में राजीव तीसरा लड़का था। जिससे वह समझने की कोशिश कर रही थी। लेकिन हर कोई उसकी नीली आँखों में डूबना चाहता। हर चौथी-पाँचवीं मुलाकात में उसके बदन के कसीदे पढ़ने लगता। हालाँकि राजीव ने इस मामले में थोड़ी देर लगायी थी। लेकिन श्रुति भी समझ गयी थी। उसने अपने सुख को विस्तृत कर लिया था और उसकी अपनी सन्तुष्टि ज्यादा मायने रखने लगी थी।

खैर आज, राजीव आ रहा था। श्रुति ने उसे ट्रीट देने की बात कही थी क्योंकि पिछले कुछ दिनों से जब से श्रुति की दोस्ती अक्षय से हुई थी, (ऑफिस वाली दोस्ती) राजीव कुछ शकी टाइप का हो गया था। अकसर कभी जब राजीव को श्रुति को पिक करने में देर हो जाती तो वह अक्षय को श्रुति के साथ देख जल-भुन जाता था और उलटा-सीधा कहता। जब भी वह ऐसी बातें करता था, उसकी यादों में उसके डैड का चेहरा दौड़ जाता। जिनसे वह बचपन में कहानियाँ सुनती और उनके स्पर्श से सुरक्षा का एहसास पाती। लेकिन हालात ने सब कुछ बिगाड़ दिया था। अब वह

सिर्फ़ एक औपचारिक रिश्ता था। और डैड एक ख़राब याद। जो अकसर सामने आने पर काँच की तरह उसके अरमानों को तोड़ देते। सोए दर्द को जगा देते। हज़ारों घावों को कुरेद देते। कोई उनकी तरह बात करता, तो श्रुति खुद पर काबू नहीं रख पाती।

पिछले कुछ दिन से राजीव की बढ़ती शकी प्रवृत्ति उसकी बर्दाश्त से बाहर हो रही थी। उसके आगे डैड का चेहरा बार-बार सामने आने लगा था। वह कुछ कहती नहीं, लेकिन उसके दिमाग़ का ज्वालामुखी फटने को हो जाता था। उसे लगता वह जैसे राजीव की बपौती हो गयी है। हालाँकि श्रुति का मूड ख़राब है, राजीव को इस बात का एहसास हो गया था।

पाँच बजे श्रुति के फ्लैट की डोरबेल बजी, तो उसने कुछ देर उसे बजने दिया। उसे दरवाज़ा खोलने की कोई जल्दबाजी नहीं थी। उसे जो ट्रीट देनी थी, वह उसके बारे में ठान चुकी थी। जब डोरबेल चौथी बार बजी, तो श्रुति बहुत ही धीमे क़दमों से दरवाज़े की ओर गयी, और यूँ दरवाज़ा खोला, जैसे वह चाह रही हो कि उसके खुलने की आवाज़ किसी को सुनाई न दे। राजीव जैसे ही कमरे में दाखिल हुआ, श्रुति ने उसे कसकर बाँहों में भर लिया और उसे पागलों की तरह चूमने लगी।

राजीव जैसे निहाल हो गया। वह समझ गया कि श्रुति को अपने किये का पछतावा है। श्रुति उसे चूमे जा रही थी। राजीव पागल हुए जा रहा था। उसने श्रुति को बिस्तर पर फेंका। और तेज़ी से उस पर कूद पड़ा और वह इस मौके को किसी भी कीमत पर छोड़ना नहीं चाहता था। श्रुति भी तेज़ी से उसकी कमीज के बटन खोल रही थी, अपने नम होंठों से उसे चूमे जा रही थी। राजीव भी तेज़ी से श्रुति के कपड़े उतारने की कोशिश करने लगा था। श्रुति बिस्तर पर बिजली की तरह पड़ी थी। राजीव बेताब हुए जा रहा था। उसका दूधिया बदन और नीली आँखें गज़ब जादू कर रही थीं। राजीव उसकी ओर आया तो अपनी चॉयस को लेकर बेबाक रहने वाली श्रुति ने कहा, 'ओरल?' और हल्के से आँख मार दी।

राजीव दीवाना हो गया था और वह एक झटके से उसके सामने खड़ा हो गया।

श्रुति ने पहले उसकी कमीज उतारी, फिर बनियान और आखिर में उसकी पैंट उतार दी। और उसके सामने खड़े होकर उसे चूमने लगी। राजीव इस ट्रीट से पगलाया जा रहा था। श्रुति उसके बालों भरे सीने को चूम रही थी। राजीव को खुद पर काबू रखना मुश्किल हो रहा था। वह लगभग हाँफ-सा रहा था।

लेकिन एकदम से उसके कन्धे पर लाल निशान देखकर श्रुति चिल्ला पड़ी। गोल नील (कुछ-कुछ लव बाइट जैसा) पड़ा हुआ था। श्रुति ने राजीव को एक झटके के साथ अपने से अलग किया और चिल्लाई।

'बास्टर्ड...तुम किसी और लड़की के साथ बिस्तर गर्म करके आ रहे हो...'

राजीव सकपका गया, 'डियर क्या बोल रही हो...'

'फक टू योर डियर...तुम समझते क्या हो तुम कृति के साथ मस्ती करोगे और मुझे पता नहीं चलेगा...'

'अरे नहीं यार। वह तो कल उसकी गाड़ी ख़राब हो गयी थी तो मैंने उसे ड्रॉप किया था...'

'झूठ बोलते हो तुम...तुम मुझे बेवकूफ बना रहे हो...यह जो उसकी बदबू तुम्हारे बदन से आ रही है...यह कन्धे पर जो लाल निशान है...निकल जाओ यहाँ से...'

'अरे, यह कन्धे का निशान तो चोट लगने से है...तुम्हें बताया तो था।'

'बकवास करते हो, क्या समझते हो मुझे, स्टुपिड...'

श्रुति तेज़-तेज़ चिल्ला रही थी। राजीव को यह सब बहुत ह्यूमिलेटिंग लग रहा था। वह श्रुति के सामने नंगा खड़ा था। श्रुति के शरीर पर सीने से ऊपर उठी टीशर्ट थी। वह राजीव के ज़मीन पर पड़े कपड़े तेज़ी से उठा रही थी। वह एकदम से उठी और उसने कपड़े उसकी ओर फेंककर कहा, 'निकल जाओ, चीटर... जब मेरा अक्षय के साथ अफेयर हो सकता है तुम्हारा क्यों नहीं।'

राजीव समझाने लगा तो वह और तेज़ चिल्लाई।

राजीव ने अण्डरगारमेंट्स पहन लिए थे और इतनी देर तक श्रुति ने दरवाज़ा खोल दिया था और उसे घर से बाहर जाने को कहा, 'चले जाओ नहीं तो मैं चिल्लाऊँगी।'

राजीव घबरा गया और कपड़े पहन लेने देने की रिक्वेस्ट करने लगा। लेकिन वह मानने को तैयार नहीं थी। राजीव झल्लाकर बाहर निकला तो वहाँ कोई नहीं था। उसने तुरन्त कपड़े पहनने शुरू किये तो पीछे से धड़ाम से दरवाज़ा बन्द होने की आवाज़ आयी।

श्रुति के चेहरे पर मुस्कान थी। वह हलका महसूस कर रही थी।

शाम हो चुकी थी।

कबूतर अपनी जगह लौट आये थे और शान्ति से बैठे थे।

श्रुति ने फ्रिज से बीयरकेन निकाली, दो घूँट भरे और बाथरूम की ओर चली गयी, वह सिर्फ़ इतना ही बोली, 'बेचारा...चीटर... बास्टर्ड...'

आयशा

आयशा आज भी कॉलेज से लेट पहुँची थी। डैड ऑफिस के काम से वडोदरा गये हुए थे और मॉम स्कूल से जल्द लौट आयी थी। आयशा ने हमेशा की तरह आज भी बहाना जड़ दिया था और अपनी फ्रैंड पूर्वी के घर जॉइंट स्टडी का फंडा पेल दिया था। आयशा की मॉम एमएनसी में काम करती थीं, जबकि डैड सरकारी बैंक में मैनेजर थे। इकलौती बेटी होने की वजह से पूरे घर की लाड़ली थी और मॉम-डैड अकसर उसकी बात मान ही लेते थे। ऐसे कम ही मौक़े आते जब उसे डाँट पड़ती। दोनों अपने काम में व्यस्त रहते और इधर कॉलेज जाने से आयशा की ज़िन्दगी भी काफ़ी व्यस्त हो गयी थी। आयशा के तीखे नैन-नक्श, डस्की रंग, पर्मिंग वाले हेयर और साढ़े पाँच फ़ीट का क़द, ऐसी चीज़ थे, जिसके कॉलेज में कई दीवाने थे। आयशा अपनी पसन्द को लेकर एकदम क्लीयर थी। उसके चेहरे पर अकसर मुस्कान रहती और वह एक ऐसा चेहरा थी, जिससे हर कोई बात करना चाहता, मिलना चाहता और जिसे देखकर कई तरह की चाहतें पाल लेता। आयशा सेकेंड ईयर में आयी तो उसे भी कुछ-कुछ हुआ, दिल में अरमान जगे। एक चेहरा अच्छा लगा, और दोनों में वही हो गया जो सदियों से एक लड़का-लड़की के बीच होता है।

यूँ मिले दिल

आयशा क्लास में पहुँचने में लेट हो चुकी थी। चलती क्लास में वह जाना नहीं चाहती थी। इसलिए उसने सोचा, क्यों न कैंटीन

में कॉफ़ी ही पी ली जाये। वह अनमनी-सी होकर जीना उतरने लगी। सोच में इतनी डूबी थी कि उसने देखा ही नहीं कि उसका पाँव नीचे बिखरी सॉस पर पड़ गया। वह एकदम से फिसल गयी। उसकी कमर का निचला हिस्सा सीढ़ियों पर लगा था। उसने देखा तो सीढ़ियों पर सॉस बिखरी हुई थी। वह किसी स्टुपिड स्टूडेण्ट की इस हरकत पर झल्ला कर रह गयी। उसने अपना सामान सहेजा और चलने लगी। तभी पीछे से किसी ने आवाज़ दी। 'हैलो!!!'

आयशा ने मुड़कर देखा तो एक स्मार्ट-सा बन्दा उसे बुला रहा था। वह बोला, 'आर यू ओके...'

उसने हाँ में सिर हिला दिया। वह मुड़ने लगी ही थी कि उसने फिर कहा, 'सुनो...'

एक तो चोट का दर्द और उस पर उसका बार-बार बुलाना, आयशा झल्ला पड़ी, 'व्हाट्स अ मैटर...जो बोलना हो एक बार में कह दो...'

वह बोला, 'सॉरी...लेकिन तुम मेरी यह जैकेट ले लो...'

'तुम्हारी जैकेट का मैं क्या करूँगी? और मैं क्यों लूँ...'

अब तक वह नीचे उतरकर आयशा के पास आ चुका था और धीमे से उसके कान में बोला, 'इसे अपनी कमर पर लपेट लो...सारी सॉस तुम्हारी सफेद जीन्स पर लग गयी है और ऑड लग रहा है।'

आयशा का दिमाग़ घूम गया और उसने आभार जताने के अन्दाज़ में उसकी ओर देखा और वह बोली, 'तुम्हारी जैकेट ख़राब हो जायेगी?'

वह बोला, 'तुम्हारा दिन ख़राब होने से अच्छा है। इसे ख़राब होने दो। शायद कपड़े धुल भी जाते हैं।'

उसके बाद आयशा ने घर जाने का मन बना लिया और वह बन्दा उसे पार्किंग तक छोड़ आया।

आयशा ने उसे 'थैंक्स' कहा और अपनी गाड़ी लेकर घर के लिए निकल गयी।

पहली मुलाकात में ही वह उसे अच्छा लगा। उसका बोलने

का लहजा और लड़कियों को लेकर संजीदगी कमाल लगी थी।

उसने उसके दिल को छुआ था। आयशा ने महसूस किया था कि वह बार-बार कनखियों से उसे देखता रहा था।

यह फ्राइडे की बात थी। क्लास से पार्किंग तक जाने के बावजूद दोनों ने न तो एक-दूसरे का नाम पूछा और न ही फार्मल बातचीत हुई। पूरे वीकेंड आयशा के दिल में इसकी कसक रही थी। अब उसे सोमवार का इन्तज़ार था।

उम्मीदों भरा सोमवार

सोमवार को आयशा की निगाहें उस लड़के को ढूँढ़ रही थीं। वह सीधे क्लास में न जाकर कैंटीन साइड गयी तो वह बाहर ही अपने दोस्तों के साथ बैठा बतिया रहा था। उसने आयशा को दूर से आता देखा तो स्माइल पास कर दी। वह एकदम से खड़ा हुआ और आयशा की तरफ़ बढ़ा। आयशा ने उससे छूटते ही कहा, 'थैंक यू वेरी मच फॉर योर हेल्प...सो काइंड ऑफ यू...'

वह बोला, 'छोड़ो यार...यह तो चलता है...'

वह बोली, 'बाय द वे माय नेम इज़ आयशा...आयशा सिद्दीकी...'

राघव ने थोड़े झिझकते ही सही लेकिन अपना नाम बताया, 'माय नेम इज़ राघव...राघव पाण्डे...'

इसके बाद दोनों बातें करने लगे और कैंटीन के अन्दर चले गये। लम्बे समय तक उन्होंने कॉलेज लाइफ से लेकर शौक और दुनिया भर की बातें कर डालीं। आयशा को राघव का लिबरल व्यू और औरतों को लेकर नजरिया बेहद पसन्द था।

अक्तूबर के शुक्रवार से शुरू हुआ यह मीठा सिलसिला अब सरपट आगे बढ़ने लगा था। आयशा और राघव लम्बे समय तक क्लासेज बंक करते और साथ समय गुजारते। कभी वे लाइब्रेरी में नज़र आते तो कभी कैण्टीन में सांभर-डोसा का लुत्फ लेते। फुरसत मिलती तो दोनों कमला नगर में भी घूमते दिख जाते तो कभी फेमस चाचा के छोले-भठूरे खाने के लिए लाइन में लगे नज़र आते।

दोनों में करीबियाँ बढ़ती जा रही थीं। उनके फ्रेंड सर्कल में भी अब उन्हें लेकर चर्चे होने लगे थे। अकसर आयशा को घर पहुँचने में देर होने लगी थी। उसके पास बहानों की कोई कमी नहीं थी और मॉम के पास प्यार और दुलार की।

राघव का नियम था कि वह हर मंगलवार को हनुमान मन्दिर जाता था। आयशा ने भी उसके साथ मन्दिर जाना शुरू कर दिया था और बहुत ही सहजता के साथ जैसा राघव मन्दिर में करता, वैसा ही आयशा भी करती। आयशा को ऐसा करने से राघव ने कई बार मना भी किया लेकिन वह उसे समझाती, 'यह मत सोचो मैं यह सब तुम्हारे लिए कर रही हूँ। मुझे अच्छा लगता है इसलिए करती हूँ...'

मंगलवार के दिन आयशा को प्रसाद देने या मन्दिर ले जाने से पहले राघव यह ज़रूर पूछ लेता था कि तुमने अण्डा या मांस तो नहीं खाया या घर जाकर तो नहीं खाओगी। इस वजह से आयशा ने मंगलवार के दिन नॉन वेज को अपनी लिस्ट से बाहर कर दिया था। आयशा इश्क़ में नयी बुलन्दियों को छूती जा रही थी।

इज़हार-ए-इश्क़

अभी आयशा घर से कॉलेज के लिए निकली ही थी कि उसे अपनी फ्रेंड का फ़ोन आया कि आज राघव का जन्मदिन है इसलिए आज वे लोग राघव के कमरे पर ही सेलिब्रेट करेंगे। (राघव मुखर्जी नगर में किराये के मकान में रहता था। बेसिकली वह बनारस का रहने वाला था और उसके डैड वहाँ आईएएस थे।) आयशा ने तुरन्त अपनी मॉम को फ़ोन किया और बता दिया कि आज उसके दोस्त का बर्थडे सेलिब्रेशन है तो वह लेट आयेगी। मॉम ने भी रुटीन सवाल-जवाब के बाद उसे 8 बजे तक घर पहुँचने की ताकीद कर दी। सब ने तीन बजे राघव के कमरे पर मिलने का प्लान बनाया।

कमरे पर मस्ती करने के बाद सभी ने जीआईपी मॉल जाकर डिनर करने का फ़ैसला लिया। वजह आयशा का घर वहाँ से करीब था। सभी दोस्त एक गाड़ी में सवार हो गये। सबने बहाना मारा

और आयशा की गाड़ी में बैठने से कट लिए। अब गाड़ी में राघव और आयशा रह गये। गाड़ी रिंग रोड पर दौड़ने लगी। ख़ामोशी को तोड़ते हुए आयशा बोली, 'राघव, मैं तुमसे कुछ कहना चाहती हूँ? प्लीज़ मेरी बात अदरवाइज मत लेना। यह मेरी पर्सनल फीलिंग है। ज़रूरी नहीं है कि तुम इससे इत्तेफाक रखो...'

'खुलकर बोलो यार....'

'मैं तीन महीने से तुम्हें जानती हूँ। तुम्हें लेकर मेरे मन में कुछ फीलिंग्स हैं। हर वक़्त मन करता है, तुमसे बात करूँ, तुमसे मिलूँ और तुम्हारे साथ वक़्त गुजारूँ....'

राघव सब सुनता जा रहा था।

वह बोले जा रही थी, 'ज़रूरी नहीं कि तुम भी ऐसा फील करो...लेकिन रियली आइ लाइक यू....'

राघव को यूँ ख़ामोश देख आयशा को अटपटा लगा, लेकिन वह अपनी बात कह चुकी थी।

खामोशी को बेधते हुए राघव बोला, 'सो नाइस ऑफ यू...मैंने तुम्हें पहली बार देखा था तो देखता रह गया था। तुम वाकई कमाल हो। अकसर जो बात लड़के कहते हैं, वह तुम कह रही हो....'

उसने टोका, 'छोड़ो यार...खिंचाई मत करो...जो मेरे मन में था, कह दिया...'

'अरे नहीं, आइ एप्रिशिएट यू...मैं इसका जवाब डिनर के बाद दूँगा...तो चलेगा।'

'तुम इसका जवाब नहीं भी दो तो चलेगा...मुझे अपनी बात कहनी थी, कह दी। मेरी फीलिंग्स थी।'

आयशा को लगा कि शायद वह राघव की आँखों को पढ़ने में चूक गयी है।

लेकिन अब तो तीर कमान से छूट चुका था।

कयामत के पल

आठ बजे तक सब डिनर से निबट चुके थे। वे पार्किंग की ओर जाने लगे।

तभी राघव ने आयशा का हाथ पकड़ा और उसे एक कोने में ले गया। वहाँ रोशनी कम थी और सन्नाटा भी था। वह बोला, 'तुम मुझे लाइक करती हो...सिर्फ़ लाइक...'

आयशा ने उसके मुँह पर हाथ रखा और बोली, 'आइ लव यू...राघव...'

आयशा का यूँ मासूमियत से आई लव यू कहना राघव के इतनी देर से माहौल क्रिएट करने के नाटक को तोड़ने के लिए काफ़ी था। राघव ने झटके से आयशा को अपनी ओर खींचा, 'तुम्हें तो आज हुआ है...मैं तो पहले दिन से ही तुम्हें चाहता हूँ...'

हमेशा महकने वाली आयशा की महक रात की रानी की तरह राघव को सारी फिज़ा में घुली महसूस हो रही थी। उसने आयशा को अपनी बाँहों में जकड़ रखा था और आयशा को भी यह जकड़न अच्छी लग रही थी।

उसने उसके चेहरे से लटों को पीछे करते हुए बड़े प्यार से गालों को चूमा तो वह सिहरकर रह गयी।

उसने उसके बालों में हाथ फेरा और बोला, 'सवा आठ हो गये हैं। घर पहुँचने में नौ बज जायेंगे, तुम्हारी मॉम तुम्हें छोड़ेगी नहीं।'

वह चाहती थी कि यह पल कभी ख़त्म न हो। लेकिन वह कल्पना लोक से बाहर आ गयी थी। उसने बड़े ही प्यार से राघव की बाँह को पकड़ा और कार की तरफ़ बढ़ गयी। राघव की बाँह भी आयशा की कमर पर थी। इस पर राघव ड्राइव कर रहा था और आयशा ख़ामोशी से गाड़ी की सीट से सिर टिकाए आँखें बन्द किये बैठी थी। उसके होंठों पर एक मुस्कान थिरक रही थी, जो एक तेज़ हँसी में तब्दील होने के लिए बेकरार थी। यही थिरकती मुस्कान ही तो राघव को दीवाना बनाती थी। जैसे ही गाड़ी आयशा के घर के करीब पहुँची, तो राघव ने हल्के से उसके गालों पर छुआ तो भी आयशा ने आँखें नहीं खोलीं और बोली, 'ऐसे ही छूते रहो...'

राघव हल्के से मुस्करा दिया और उसके कन्धे को हल्के से दबाते हुए बोला, 'घर आ गया...'

डी-डे

जुलाई का महीना था। तपा देने वाली गर्मी पड़ रही थी और आयशा के मॉम और डैड शहर से बाहर गये हुए थे। आयशा ने दोस्तों को घर पर पार्टी के लिए बुला लिया, उसने इसकी परमिशन मॉम-डैड से पहले ही ले ली थी। 11 बजे घर पर मिलना तय हुआ। आने वालों में सबसे पहले राघव था।

आयशा बिना बोले अपने ऊपर वाले बेडरूम में चली गयी। राघव बाकी सभी दोस्तों के साथ नीचे था। जब कुछ देर तक आयशा नीचे नहीं आयी तो राघव बेचैन होने लगा। उसने कहा कि मैं देखकर आता हूँ। पूर्वी ने आँख मारते हुए कहा, 'हाँ... हाँ...आराम से देखकर आना...हमें कोई जल्दी नहीं है।'

राघव सीढ़ियाँ चढ़ गया, जबकि बाकी दोस्त नीचे बतियाने में मशगूल हो गये।

उसने बेडरूम नॉक किया तो अन्दर से आवाज़ आयी, 'कौन?'

'राघव।'

'अन्दर आ जाओ यार...और मेरी मदद करो।'

वह अन्दर आया तो वहाँ एक अलग ही दुनिया थी। आसमानी रंग की दीवारों वाले कमरे में सफेद रंग की खूबसूरत अलमारियाँ। एक दीवार पर फूल-पौधे उकेरे हुए थे और दूसरी पर सनराइज था। कमरे की छत पर सितारे लगे थे। जो लाइट बन्द होने पर चमकते थे। राघव अन्दर आया तो उसने आयशा को भारी गद्दों से उलझते हुए देखा तो एकदम से पूछा, 'यह क्या कर रही हो?'

'अरे, कुछ नहीं मैं अपने बचपन की एल्बम तुम्हें दिखाना चाहती थी। लेकिन मिल ही नहीं रही यार...लगता है मॉम ने कहीं रख दी है।'

'चलो कोई बात नहीं फिर कभी देख लेंगे।'

आयशा मायूस हो गयी और गद्दे को अपने ठिकाने पर लगाने लगी। राघव उसकी मदद करने लगा।

इसी चक्कर में आयशा राघव के काफ़ी करीब आ गयी थी,

उसकी महक राघव को दीवाना बना रही थी। बन्द कमरा। दोनों अकेले। आयशा की महक।

राघव बेकाबू हो गया। उसने गद्दे को वहीं छोड़ आयशा को बाँहों में भर लिया।

आयशा हैरान थी। लेकिन उसे अच्छा लगा।

वह उसे चूमे जा रहा था। पागलों की तरह।

आयशा दीवानी हो रही थी। उसने आँखें खोलीं तो एकदम से बोली, 'अरे, यार बत्ती गुल...'

राघव को होश कहाँ। वह तो आयशा को चूमे जा रहा था। उसे लाइट और गर्मी की परवाह कहाँ थी। वह आयशा की महक को ख़ुद में जज़्ब कर लेना चाहता था। आयशा का रोआं-रोआं काँप रहा था।

उसने आयशा को अपने से अलग किया और आयशा को गद्दे पर बिठाया। बड़े ही प्यार से उसका टॉप उतारने लगा। आयशा ने उसका काम आसान करने के लिए अपने हाथ ऊपर उठा दिये।

राघव की साँसें तेज़ चल रही थीं।

जुलाई की दुपहरी। दो बदनों की गर्मी ने जहाँ राघव को पसीने में भिगो दिया था, वहीं आयशा के बदन से टपकती पसीने की बूँदों में भी उसकी महक घुल चुकी थी।

राघव ने अपनी शर्ट खोली और वह अपने घुटनों के बल पर बिस्तर पर बैठी आयशा के आगे बैठ गया।

उसने बड़े ही प्यार से उसे गद्दे पर धकेल दिया। वह उसके बदन को चूमने लगा। आयशा कसमसाकर रह गयी।

आयशा अपने जीवन के इस खास पल के लिए तैयार हो चुकी थी। वह अपना फर्स्ट टाइम कुछ इसी तरह चाहती थी। राघव जैसे ही अपने सपने के राजकुमार को ख़्वाबों में देखती थी।

आयशा मदहोश गद्दे पर पड़ी थी।

राघव ने उसकी जाँघों को चूमना शुरू किया तो आयशा की सिसकियाँ कमरे में गूँजने लगीं।

राघव एक-एक कर सारी हदें लाँघता जा रहा था।

राघव वहाँ तक पहुँच चुका था। जहाँ तक आयशा के अलावा किसी और की पहुँच नहीं रही थी।

आयशा अब मीठी आहें भर रही थी और राघव बेकाबू हो रहा था।

आयशा के बदन से आने वाली महक अब उसके मुँह और बदन से आ रही थी।

उसने अपना वज़न आयशा पर डालना शुरू किया, तो आयशा ने उसे किसी शावक की निगाह से बड़ी ही मासूमियत के साथ देखा। राघव उसके ऊपर झुक चुका था और वह दुनिया को भूलती जा रही थी। राघव की साँसें काफ़ी तेज़ चल रही थीं और उसके होंठ सूख चुके थे। गर्मी और दोनों की तपिश कहर ढा रही थी।

उसके लबों ने राघव के होंठों को छुआ तो वे एकदम सूखे थे। जीभ से जीभ टकराई तो आयशा को लगा जैसे उसने लकड़ी के सूखे लट्ठे को छुआ हो। कोई जायका नहीं, सिर्फ़ बेचैन और सूखे। इस लम्हे से गुज़र जाने की जल्दबाजी।

आयशा ने खुद को संयमित किया और बड़े प्यार से राघव के गालों को छुआ। उसने कहा, 'ठहरो यार मुझे प्यास लग रही है, दो घूँट पानी पी लेती हूँ।'

वह जानती थी कि राघव अब क्या चाहता है लेकिन वह अपने फर्स्ट टाइम वाले इस पल को जल्दबाजी में तबाह नहीं करना चाहती थी।

वह जानती थी कि राघव को यह कहना कि पानी पी ले उसके अहं को ठेस लग सकती थी, इसलिए उसने खुद के प्यास लगने का बहाना बनाया...उसने राघव से कहा, 'मेरे सुपर हीरो एक मिनट दोगे...'

वह गद्दे पर एक साइड हो गया और आयशा अपनी एक तरफ़ लटकती स्पोर्ट्स ब्रा में ही कमरे में कोने में पड़ी पानी की बोतल की ओर बढ़ गयी। राघव एकटक उसके बदन को निहारे जा रहा था।

आयशा ने बोतल से दो घूँट पिए और बोली, 'जान...तुम भी पी लो...थोड़े वेट हो जाओगे...वैसे भी बहुत गर्मी है...'

राघव अपने आनन्द लोक से बाहर आया। पानी पीने के लिए उठने लगा तो उसकी नज़र कमरे के कोने पर गयी, वहाँ कुरान पड़ी थी।

आयशा हाथ में पानी की बोतल लिए उसकी ओर बढ़ रही थी और वह बोली, 'लो यार पी लो...'

राघव बोला, 'नहीं...नहीं...या...र'

'अरे क्या हकला रहे हो यार...लो...'

अनायास राघव चिल्लाकर बोला, 'अरे यार, मैं पानी नहीं पी सकता...'

'क्यों नहीं पी सकता...'

'यू आर मुस्लिम....'

आयशा के होंठों पर वही पुरानी मुस्कान थिरकने लगी। यह वह थिरकती मुस्कान नहीं थी, जो खिलखिलाहट बनने के लिए बेताब रहती थी, इसमें दर्द था और बिस्तर में बिना शर्ट के बैठा राघव अपने इन शब्दों को कहने के बाद शॉक्ड था।

आयशा बहुत ही कूल अन्दाज़ में वहीं कुर्सी पर बैठते हुए बोली, 'गेट लॉस्ट राघव, यू कैन फऽ मी...यू कैन लिऽ मी...बट यू कांट ड्रिंक वाटर फ्रॉम माय होम...गेट लॉस्ट...'

एक अधूरी डायरी की चन्द सतरें

कैसे शुरू करूँ समझ नहीं आ रहा लेकिन शुरू तो करना ही है, लेकिन यह घटना नहीं, किसी की आपबीती है। जिसे मैं अपने ढंग से पेश करने की कोशिश कर रहा हूँ। और कुछ नहीं यह एक हसीना की डायरी है, जिसने अपने जीवन के कुछ खूबसूरत अनचाहे पलों को इसमें सँजोया। जो एक दिन अचानक मेरे हाथ लग गयी। यह इसलिए बता रहा हूँ क्योंकि सच बोलना मेरी आदत रही है। कभी इस हसीना ने मुझसे वादा लिया था कि उस पर कोई सुन्दर-सी कविता लिखूँ। मन मारकर भी कभी उसके बारे में नहीं लिख सका। लेकिन आज उसकी कुछ पंक्तियों को कहानी बनाकर पेश करने का प्रयास कर रहा हूँ। यह डायरी अधूरी ही है लेकिन फिर भी कई मायनों में पूरी है। चलो जो भी है मुझे अब क्या लेना-देना। हसीना गयी बात गयी। अब सवाल है इसे आप लोगों के सामने पेश करने का, जो कर रहा हूँ और वह भी पूरी ईमानदारी से।

उस महीने का आख़िरी रविवार

जैसा कभी न सोचा था वैसी ही है वह। हमेशा कल्पना गलत दिशा में ही ले जाती रही लेकिन आज मुझे लगा उम्मीद की किरण बाकी है। दुनिया अभी पूरी तरह से दूषित नहीं हुई। ओजोन की परत में छिद्रों की संख्या अधिक नहीं हुई है। उसे अकसर कई बार देखा लेकिन उसकी आँखों में जो चमक देखी उसे देख मन का कमल खिल गया। फिर भी मन भारी था। एक झलक दिखा

वह चला गया।

कितना आकर्षक है वह। लम्बा-चौड़ा, कितना एक्टिव और ओवरऑल डैशिंग पर्सनेल्टी। बात करने को मन चाहता है लेकिन मेरे इतिहास का सफेदीवाला मेरे आगे मुँह बाये खड़ा हो जाता है। हिचक का केतु मुझे ग्रस लेता है। मैं पीछे हट जाती हूँ। लेकिन दूर से ही सही वह अच्छा लगता है।

आज उसने मेरी ओर एक मीठी मुस्कान फेंकी। मैं गद्‌गद हो गयी लेकिन चेहरे से जाहिर नहीं होने दिया। अरे हाँ! वह तो हमारे दफ़्तर के बगल वाली इमारत में ही तो काम करता है। उसको अपने दफ़्तर की सीढ़ियाँ चढ़ते देख मेरे दिल की धड़कन बढ़ जाती है। उसका नाम भी पता चला। कितना मेल खाता है उसके व्यक्तित्व से। आज मेरी सहयोगी ने बताया कि वह शादीशुदा है। मुझे धक्का लगा लेकिन मैंने सोचा इतना क्यों, वह तो मुझे सिर्फ़ अच्छा लगता है। उसी तरह जैसे डूबता सूरज और मूसलाधार वर्षा, कोई अन्तर तो नहीं मेरे लिए इनमें। लेकिन यह तो पुरुष है। सपनों का देव। छोड़ो ज्यादा भावुक होना ठीक नहीं।

नियम तोड़ बृहस्पतिवार को लिख रही हूँ

क्या करूँ डायरी से अपने पलों को बाँटने से मन नहीं मान रहा है। सोमवार को वो मुझसे बात करने के लिए आ धमका। मैं बस स्टॉप पर अकेली खड़ी थी। लेकिन बड़ी विनम्रता से पेश आया वह। अपना परिचय दे बातचीत शुरू की। पहले मैं झिझकी लेकिन उसका नम्र व्यवहार देख मैं पिघली, बातचीत हुई। बात-बात में पता चला वह लिखता भी है। साहित्य में दिलचस्पी होने के नाते मैंने जाने-अनजाने उसकी कविताएँ पढ़ने की औपचारिक इच्छा जतायी। बस आयी, मैं अपनी राह हो ली। लेकिन मुड़कर पीछे देख ही लेती थी। कल वह अपनी कविताएँ लेकर बस स्टॉप पर मिला। मैं कविताएँ ले बस में सवार हो चली गयी। उसने मेरी राय जानने की बात कही थी। कविताएँ बहुत ही तेज़ तेवरों वाली थीं।

एक अलग ही धुन थी कविताओं में। औरतों के बारे में काफ़ी आक्रामक होकर लिखा था। मुझे पसन्द आयीं।

आज उसने मुझसे कविताओं के बारे में पूछा मैंने कहा अच्छी है। उसने कॉफ़ी हाउस चलने का आग्रह किया। और मैंने मान लिया। मैंने अपने भावों को दबाते हुए विस्तृत व्याख्या कर डाली। वो इत्मीनान से सुन रहा था और कॉफ़ी के घूँट पी रहा था। उसकी बातों से लगा कि वह काफ़ी महत्त्वाकांक्षी है। नॉलेज तो कमाल की है उसे। अधिकतर विषयों पर जबरदस्त पकड़। उसने मुझसे बहुत कुछ पूछा और अपने परिवार के बारे में भी बताया। अच्छा लगा उसका सच्चापन देख। उसने पूछा शादी क्यों नहीं की। बात को टालना चाहा। लेकिन उसकी बात मुझे सुनाई नहीं दे रही थी। मैं तो अपने जीवन के बारहवें वर्ष की घटना सोच काँप गयी थी। पान से सड़े दाँतों, गन्दे कपड़ों और मुँह पर चेचक के दाग वाले सफेदीवाले का चेहरा मेरे आगे घूम गया। जिसने दीवाली की दोपहर को मेरे सपनों को चिन्दी-चिन्दी कर और मुझे अपने शरीर से घृणा करने को मजबूर कर दिया। उसकी गन्दी लारों की बदबू मेरे सारे शरीर में दौड़ गयी और मैं अचानक उठ खड़ी हुई। यह देख वह घबरा गया और निजी सवाल पूछने के लिए माफ़ी माँगने लगा। मैंने उसे समझाया ऑटो कर कमरे पर पहुँची। अब रात कैसे कटेगी। वह सफेदीवाला ख़यालों में लगातार मेरा पीछा किये जा रहा है।

इस दिन के दो महीने बाद

कई मुलाकातें हुईं, कई बातें हुईं। अब हम अच्छे दोस्त हो गये हैं। सफेदीवाला मेरे मन की गहराइयों के किसी कोने में दफ़न हो गया है। जब से वह मेरा दोस्त बना है सफेदीवाला मुझे सताता नहीं है।

उससे मेरी दोस्ती बढ़ने लगी है। उसका साथ भी मुझे अच्छा लगता है। उसकी रिश्तों के प्रति ईमानदारी मुझे अच्छी लगती है। कल वह अधिकारी पद के प्रशिक्षण के लिए नैनीताल जा रहा है। महीने भर बाद लौटेगा। कैसे बीतेंगे ये दिन?

उसके जाने के चौदह दिन बाद

कल ही उसका दूसरा पत्र मिला। दिल बाग-बाग हो गया। उसके पत्रों में एक रोमानीपन दिखाई देने लगा है। उसकी बातों में प्यार जैसे शब्द बढ़ने लगे हैं। अब हर दम एक ही ख़याल में खोयी रहती हूँ। कुछ समझ नहीं आता। उसकी बातें मुझे हरदम सोचने पर मजबूर करती हैं। मैंने सोचा, आत्ममन्थन किया। लेकिन, नहीं...नहीं यह प्यार नहीं सिर्फ़ दोस्ती है, सिर्फ़ एक अच्छी दोस्ती, बस...!

हे भगवान! यह क्या? उसने अपने ख़त में प्यार का इज़हार किया। जिसका डर था वही किया। ख़त प्रेम के रंग में सराबोर था। आज दस दिन हो गये ख़त आये मेरी रातों की नींद हराम है। ख़त की बातें बार-बार दिमाग़ में घूमने लगती हैं। कल वह लौटने वाला है। उसने जवाब माँगा है। प्रेम, कभी नहीं। वह तो दोस्त है, अच्छा दोस्त, शादीशुदा न होता तो सोचती भी। लेकिन ऐसे, कभी नहीं।

आज मिली, दिल ने पींग भरी

पूरे एक महीने बाद आज मिली। न जाने क्यों सुबह ख़ास कपड़े पहने और हल्का-सा मेकअप भी किया। न जाने क्यों? जीवन के इस पच्चीसवें साल में आज कुछ अजीब-सी खुशी थी। वह अधिकारी बन खुश था। मेरी तारीफ़ की। बोला अब हम यहाँ नहीं कहीं और मिला करेंगे। दफ़्तर के लोग देख सकते हैं। उसका यह कहना कुछ अजीब लगा लेकिन सोचा अब अधिकारी हो गये हैं कुछ मर्यादाएँ तो निभानी होंगी। क्यों बेवजह किसी को बोलने का मौक़ा दें। उसने जवाब माँगा। उसकी आँखों में एक शैतानी थी। मैं घबराई कुछ नहीं बोली। सिर्फ़ खिसियाकर रह गयी। हम दोनों एक पार्क में जाकर बैठ गये। उसने ड्यूटी जॉइन करने से पहले पन्द्रह दिन का अवकाश ले रखा था। हम रोज़ कहीं न कहीं जाते हैं। एक शादीशुदा आदमी के साथ यह नजदीकियाँ सोच बुरा लगता है, लेकिन उसका साथ अच्छा लगता है...

आख़िर आ ही गया कयामत का दिन

आज मिला। अब हम दोनों कॉफ़ी हाउस में मिलने लगे हैं। हम दोनों बैठे बातें कर रहे थे कि मैंने उसकी किताब के पीछे लिखी एक पंक्ति पढ़ी। उसकी ही राइटिंग थी। 'लड़कियाँ कंडोम होती हैं।' मैंने उसे दिखाकर पूछा तो वह हँसते हुए इसे मज़ाक़ बनाकर टाल गया। मैं भी शान्त हो गयी। बाहर बारिश बढ़ गयी थी। उसने मुझे कमरे पर छोड़ने के लिए कहा। हम दोनों ऑटो में कमरे पर पहुँचे। कमरे पर आ वो बहकी-बहकी बातें कर रहा था। तुम सुन्दर हो, भीगी हुई सेक्सी लग रही हो। न जाने क्या-क्या। मैं प्रतिरोध करना चाहती थी लेकिन नहीं कर सकी उसकी बातें मुझे अच्छी लगीं। मैं आँखें बन्द किये कुछ सोच रही थी कि उसने अपने जलते हुए होंठ मेरे होंठों पर रख दिये। मैंने कहा गलत है। उसने मुझे कसकर पकड़ लिया। मैं निष्प्राण उसकी बाँहों में झूल गयी। आज मुझे सफेदीवाले की वो गन्ध अपनी साँसों से दूर होती हुई लग रही थी। वो सीमाएँ लाँघ पाता मैंने इससे पहले उसे अपने-से अलग कर दिया। न चाहते हुए भी ऐसा किया। कुछ सीमाएँ हैं। वह बिना कुछ कहे चला गया।

प्यार का रंग चढ़ने लगा

वह सुबह-सवेरे मेरे कमरे पर धमक पड़ा। मैं नहाकर बाहर निकली थी। मेरे बाल गीले थे। वह मीठी-मीठी प्यार भरी बातें करने लगा। मैं रसोई में चाय बना रही थी। उसने मुझे अपनी बाँहों में समा लिया। और फिर मेरा मुँह अपने होंठों से बन्द कर दिया। मुझे लगा अब प्रतिरोध बेकार है। उसे खोने के डर से मैंने समर्पण कर दिया। सब कुछ बदल गया। आज मुझे अपना शरीर अच्छा और आकर्षक लगा। मैं अपने को समझने लगी थी। वह दोपहर बाद मेरे कमरे से गया। अब सब कुछ अच्छा लगने लगा है। पिछले काफ़ी दिनों से मैं ओढ़ने-पहनने का काफ़ी ध्यान रखने लगी हूँ। वह अकसर मेरे कमरे पर आता है और हम दोनों

समाज और उसकी सीमाओं को तोड़ बहुत आगे निकल जाते हैं। उसके ज़िस्म की गन्ध मुझे अच्छी लगने लगी है। मुझे वह अब और अच्छा लगने लगा है। लेकिन प्रेम...

कुछ यूँ बदला सुहाना मौसम

ख़ूब मिले, जमकर प्यार किया। अब वह दफ़्तर जाने लगा है और तब से बदला-बदला लगने लगा है। कहता है काम का बोझ है। आज हम घूमने गये थे। पार्क में ख़ूब घूमे। वो एकान्त पा मुझे बार-बार चूमता। और कभी मेरे चेहरे की ओर देखता। मैंने उसकी बीवी के बारे में पूछा तो बोला मूड ख़राब क्यों करती हो। फिर हँसता हुआ चलने लगा। उसकी आँखों में अजीब-सी शरारत थी।

दो दिन हो गये डॉक्टर से मिले। डॉक्टर ने बताया प्रेगनेंट हूँ। पैरों तले की ज़मीन खिसक गयी। फिर सोचा जो बोया है वो तो काटना ही है। उसे बताया। वह चौंक गया। कहा अबॉर्शन करा लो। मैं शादीशुदा हूँ तुमसे शादी नहीं कर सकता। मैंने कहा कि तुम्हें शादी करने को तो नहीं कहा। मैं इस बच्चे को जन्म देना चाहती हूँ। तुमसे शादी नहीं करना चाहती। लेकिन वह नहीं माना। बहला-फुसला कर मेरा ऑप्रेशन करा रहा है।

दूरियाँ गहराने लगीं, अन्तराल बढ़ने लगा

ऑप्रेशन के बाद से वह मुझसे कम ही मिलता है। आज महीना हो गया है। सिर्फ़ तीन बार ही मिलने आया है। आते ही ज्यादा बातें न कर शुरू करने लगता है। मैंने कहा कि ऑप्रेशन के बाद से पेट में दर्द रहता है। कोई ध्यान नहीं देता। अपनी भूख मिटाकर चला जाता है। मुझे अब वह 'मेरे आका' का मुस्तफ़ा खर लगने लगा है, जो हर चीज़ को अपने हिसाब से तोड़ना-मरोड़ना जानता है। अब उसके प्यार करने पर मुझे अच्छा नहीं लगता। अब वह सफेदीवाला मुझे फिर डराने लगा है, उसकी गन्ध मेरी साँसों में फिर घुलने लगी है। मैं पहले की तरह ठंडी और उम्मीदहीन रहने लगी हूँ।

आज ही मिला। मैंने कहा कटे-कटे क्यों रहते हो। मिलते क्यों नहीं। कमरे पर आये और काफ़ी बातें कीं। बीच में ही मुझे चूमने लगा।

मैंने कहा, 'बस यही?'

वह बोला, 'यही क्या! यह प्यार ही तो है।'

मैंने कहा, 'यह सब अच्छा नहीं लगता, बस अब और नहीं। यह प्रेम नहीं। मन कहीं नहीं लगता।'

वह झट से बोला, 'शादी कर लो किसी से।'

मैंने कहा, 'तुमसे क्यों नहीं। मौज-मस्ती तुम्हारे साथ की तो शादी क्यों नहीं?'

वह घबराया, 'मैं शादीशुदा हूँ।'

'जिस दिन मेरे साथ हमबिस्तर हुए उस दिन नहीं थे।'

'कोई जबरदस्ती तो की नहीं थी। तुम भी तो तैयार थीं।'

'इसलिए, मैंने तो शादी की कोई बात नहीं कही। न ही तुमसे कोई माँग ही रखी। मन और तन तुम्हें दिया। अब कहते हो यह तन फिर किसी और को सौंप दूँ। आखिर कितनी बार।'

'तुम भी कैसी बैकवर्ड लड़कियों जैसी बातें करती हो।'

'तुम, तुम भी सफेदीवाले हो। तुम भी सफेदी...'

'क्या बकती हो?'

मैं रो रही थी, वह चला गया। मन वीरान था, खुशियाँ सारी दफ़न हो गयी थीं।

दो दिन हुए क़िस्सा ख़त्म हुए। कहीं मन नहीं लगता। क्या करूँ, क्या नहीं, समझ नहीं आता। सब कुछ ख़त्म हो गया। लेकिन बात समझ में आ गयी। मैं कोशिश करूँगी...अरे हाँ, यह भी समझ आ गया कि लड़कियाँ वाकई कंडोम...हैं, सब कुछ पारदर्शी, एकदम चिकना, विभिन्न प्रकार के रंग, कुछ कठिन आख़िरकार सब बेकार, सब समझ आ गया...तुम कितने महान थे मेरे छली प्रेमी...तुमने मुझे कितना बड़ा दर्शन सिखाया मैं...

मेट्रो वाली लड़की

...अगर औरत ख़ूबसूरत होगी तो वफ़ादार नहीं होगी अगर वफ़ादार होगी, तो उसके ख़ूबसूरत होने की सम्भावना कम ही होगी। —अज्ञात

देव को भी इस सनकी की बात का भरोसा नहीं था। वह इसे किसी सिरफिरे की कोरी बकवास मानता था। लेकिन उसके साथ कुछ हुआ। जो हुआ वह झन्नाटेदार था। उसने उर्वशी को देखा और वह उसके साथ रही थी। हर वह चीज़ दी, जिसे उसकी हसरत थी। उसके बाद जो हुआ, वह भी बहुत ही दिलचस्प था। अब ज्यादा माहौल न खींचते हुए, इस प्रेम कहानी में गोता लगाते हैं...

कुछ यूँ हुआ ख़ुशियों का आगाज़

सुबह के नौ बजे थे। किसी ने घर की डोरबेल बजाई। देव रात को देर से घर आया था, इसलिए अभी तक गहरी नींद में था। उसने सोचा, अरे, चम्पा होगी। आज जल्दी आ गयी काम करने। बुझे मन से दरवाज़ा खोला तो पूरा घर ही रोशन हो गया। एक महकता और दमकता जिस्म सामने खड़ा था। तन पर मलमल की साड़ी और घुटनों तक लहराते काले स्याह बाल और उन पर लगा गजरा। हाथों को देखा तो देखता ही रह गया। कलाइयों पर फूलों की माला पहन रखी थी जो उसके दूधिया बदन को और दमका रही थी। चेहरा गौर से देखा तो मुँह से चीख निकलती रह गयी। यह तो वही सपनों वाली और मेट्री वाली लड़की थी। नज़रों को

उसके चेहरे पर जमाया तो सामने खड़ी थी उसकी हसरतों की मलिका। मुस्कराती हुई, बड़ी नज़ाकत से उसकी ओर देख रही थी। उसे देख देव के होश फाख़्ता और आँखें फटी थीं। उसकी मलमल की साड़ी महीन थी, जिसमें से उसका उजला तन झाँकता और अपनी ओर खींचता था। देव का मन हुआ कि आगे बढ़कर उसे बाँहों में भर ले। लेकिन उसने होश सँभाला और पूछा, 'तुम कौन?'

'यह भी बताना पड़ेगा, सारा दिन मुझे ढूँढ़ते हो, अब आयी हूँ तो होश ठिकाने नहीं।'

'क्या करने आयी हो?'

'यहीं बताऊँ। सब कुछ दरवाज़े पर ही...अन्दर आने को नहीं कहोगे।'

उसकी बात सुन देव झेंप गया और बोला, 'अरे! आओ न आओ।'

वह सोफ़े में धँस गयी। सब कुछ उसकी समझ से परे था। सब कुछ हो रहा था लेकिन उसकी समझ की हद से परे था। अब वह थी और देव, इस कमरे में और वह भी अकेले। वह चाहता था जो होना हो जाये। होश ऐसे गुम थे कि उसका इंट्रो भी दिल नहीं चाहता था। घुटने तक साड़ी से झाँकती उसकी टाँगें कमाल लग रही थीं। देव की आँखें उसके बदन पर बार-बार फिसले जा रही थीं। उसके एक-एक अंग को निहार रही थीं। कभी मादक आँखें तो कभी काली घटाओं से बाल, तो कभी स्ट्रॉबेरी से होंठ। जिनकी मिठास को वह महसूस करना चाहता था।

उसने बड़ी ही अदा से अँगड़ाई ली और सोफ़े पर पसर गयी और बोली, 'अब मैं तुम्हारे ही साथ रहूँगी। तुम मुझे चाहते हो। तो, अब तुम्हारा-हमारा साथ। अब हम दोनों होंगे और कोई नहीं। सारा दिन प्रेम की अठखेलियाँ और...'

देव ने सवाल किया, 'तुम्हारा नाम क्या है?'

वह हँसी और बोली, 'नाम में क्या रखा है।'

देव बच्चों-सी ज़िद करने लगा, 'बताओ न।'

'कुछ भी कह सकते हो।'

'नहीं, असली नाम बताओ।'

'कामना कह सकते हो या फिर मलिका या फिर उर्वशी भी क्योंकि तुम्हें यही नाम तो पसन्द हैं।'

'हाँ, उर्वशी ही हो तुम।'

वह शरारत भरी मुस्कान के साथ बोली, 'अच्छा!'

और एक झटके से उठ खड़ी हुई, देव को सोचने का कोई मौका दिये बिना ही वह उस पर झुक गयी और उसे अपनी बाँहों में भर लिया। उसके रसीले होंठ किसी के भी होश गँवाने के लिए काफ़ी थे। वह अपने पर से काबू खोता जा रहा था। तभी उर्वशी ने जो किया वह सोच से परे था। उर्वशी ने अपनी साड़ी नीचे सरका दी। अब वह देव के आगे बिना कपड़ों के खड़ी थी।

देव ने चाहा उसे बाँहों में समा ले। उसके एक-एक अंग को चूमे, लेकिन सम्मोहन टूटने का नाम नहीं ले रहा था। सपनों की हद काफ़ी पीछे छूट गयी थी। थोड़ा आगे बढ़कर उसने देव को अपनी बाँहों में भर लिया। देव के तन-बदन में बिजली कौंध गयी, उसने धीमे से उसके कान में कहा, 'यही बोल्डनेस तो पसन्द है तुम्हें। क्यों? यही तो चाहते थे तुम, कोई ऐसी लड़की हो जो कुछ ऐसा ही करे।'

देव अब कुछ बोलने लायक नहीं बचा था। उसने उसे बाँहों में कस लिया और फिर सब कुछ पीछे छूट गया। प्यार की इस धुन में काफ़ी समय बीत गया और दोपहर हो चुकी थी। वह बड़े मज़े में लेटी थी। शरीर पर थे तो सिर्फ़ कुछ फूल। चेहरे पर थी तो सिर्फ़ मुस्कान। यह सब देखकर देव से रहा नहीं गया, और उसकी ओर बढ़ा और बड़े ही प्यार से उसके ऊपर मखमली चादर उढ़ा दी।

जब तक देव ने खाने-पीने का इन्तजाम किया, वह बड़े ही इत्मिनान से सोती रही। खाना बाहर से ही मँगवा लिया और बिस्तर की ओर बढ़ा तो वह जाग चुकी थी। वह कमाल लग रही थी।

देव उसकी ओर बढ़ा और उसकी जुल्फें सँवारते हुए बोला, 'अभी कुछ देर में खाना खाते हैं, तब तक मैं फ्रेश होकर आता

हूँ।' उसने पिज्जा ऑर्डर कर दिया था और पैसे बाहर रखकर चला गया था।

देव को यक़ीन नहीं हो रहा था कि जो हो रहा है वह हक़ीक़त है। बिल्कुल यक़ीन नहीं आया। जब आईने में गर्दन पर लव बाइट्स को देखा तो मुस्कान चेहरे पर दौड़ गयी। सपना सच होता देख दिमाग़ ठिकाने नहीं था।

बाहर उर्वशी कमरे में यहाँ-वहाँ टहल रही थी। वह अलमारियों में अपने लिए कपड़े ढूँढ़ने लगी। कोने में देव की टीशर्ट और हाफ पैंट पर नज़र गयी। उसने नीले रंग की टीशर्ट और काले रंग की हाफ पैंट उठा ली। कुछ देर अपने तन को आईने में निहारती रही।

उसने धीमे से देव के कपड़े अपने जिस्म पर सरका लिए। इस बीच दरवाज़े की घण्टी बजी। उसने पैसे उठाए और दरवाज़ा खोलने चली गयी। पैसे डिलीवरी बॉय को दे उसे निबटाया। लड़के ने कुछ पूछा तो उसने हँसते हुए कुछ कह दिया। वह लड़का भी हँस दिया। लड़के को उससे बात करते देख देव का गुस्सा सातवें आसमान पर पहुँच गया। उसने एकदम लड़के को थैंक्स कहकर दरवाज़ा धड़ाम से बन्द कर दिया। उर्वशी स्तब्ध थी। देव ने गुस्से में कहा, 'क्या बतिया रही थी उससे?'

वह कुछ नहीं बोली। देव ने कहा, 'अरे क्या गूँगी हो गयी हो। मुँह में ज़ुबान नहीं है।'

उर्वशी बड़े प्यार से मुस्कराई और देव के गले में बाँहें डालते हुए बोली, 'डार्लिंग, इसे अदरवाइज़ मत लेना, तुम किस अधिकार से पूछ रहे हो? क्या मैं तुम्हारी बीवी हूँ? क्या तुम्हारी बपौती हूँ? क्या तुम्हारी शर्तों पर मैं यहाँ हूँ?' यह बात सुन देव के पाँवों तले की ज़मीन खिसक गयी।

वह बोली, 'मेरी बात ध्यान से सुनो। मैं तुम्हारी कामना हूँ। सिर्फ़ डिज़ायर। जिसे तुमने चाहा और जो तुम्हें मिली। इससे ज्यादा कुछ नहीं। तुम्हारी बीवी नहीं हूँ। जिस पर तुम यूँ अधिकार रखो। अपनी मर्ज़ी से, तुम्हारी चाहत पर आयी हूँ। सिर्फ़ तुम्हारी डिज़ायर पूरी करने के लिए। और यही मेरा काम है। जिस दिन

मुझे लगेगा अब तुम्हें मेरी कामना नहीं रही तो मैं चली जाऊँगी यहाँ से। या फिर ऐसा होगा कि कोई और ऐसा आ जायेगा, जिसको मेरी ज़रूरत तुमसे अधिक होगी। समझे...अब सब बकवास छोड़ो और जीवन जियो। जियो वो जो जीना चाहते हो। मैं क्या करती हूँ, क्या नहीं। कौन मिलता है, मुझसे कौन नहीं। छोड़ो इन चक्करों को। सिर्फ़ ज़िन्दगी जियो। मैं कोई तनाव, दुःख, क्लेश या चिक-चिक नहीं। मैं सिर्फ़ प्रेम, सुख, अतृप्त इच्छाओं को पूरा करने का नाम हूँ। मुझ पर अधिकार मत जमाओ, प्रेम सागर में गोते लगाओ। मुझे भोगो नहीं, मुझमें रमने की कोशिश करो और ज़िन्दगी को जीना सीखो। तुम्हारी डिज़ायर का ही एक रूप हूँ।'

उर्वशी की बातें सुन, देव उसे एकटक देखे जा रहा था।

उर्वशी थी कि रुकने का नाम ही नहीं ले रही थी, 'जितना मुझ पर अधिकार जमाओगे, जितना मुझ पर सन्देह करोगे, उतना खुद से दूर पाओगे। और मैं चली जाऊँगी...तुम जानते हो न कामना किसी एक की नहीं हो सकती। कामना को पूरा करने के लिए ज़रूरत है तो बस दिल से याद करने की। एक जगह पिंजरे में क़ैद पंछी दम तोड़ देता है। पत्नी के साथ तीसरे से चौथा साल क़ैद लगने लगता है। प्रेम-विवाह भी हो तो कुछ दिन में इश्क़-विश्क सब हवा हो जाता है। प्रेम, सौन्दर्य और चाहत तभी तक है, जब तक कोई बन्धन नहीं। और मैं तो उन्मुक्त हूँ क्योंकि महक को क़ैद नहीं किया जा सकता। उसी तरह सुन्दरता स्थायी नहीं है। एक जगह टिकती नहीं। दिल से चाहा है, तुमने मुझे हर जगह ढूँढ़ा है तुमने। हर लड़की में मेरा चेहरा देखा है। इसलिए कामना को पूर्ण करो। अधिकार नहीं जमाओ। फूल को पौधे पर ही लगे रहने दो, तोड़ोगे तो मुरझा जायेगा। प्रेम या कामना को अधिकार मत बनाओ, सब कुछ दम तोड़ जायेगा। एक बात और कभी गलती से भी मेरी उपेक्षा मत करना।'

देव मन्त्रमुग्ध उसे सुने जा रहा था। अपनी बात ख़त्म कर उर्वशी आगे बढ़ी और उसने पिज्जा का पैकेट खोल लिया। पिज्जा के पीस को हाथ में ले बड़े ही प्रेम से उसने देव के मुँह की ओर

बढ़ाया और उसने उसके हाथ को पकड़ पीस उसी के मुँह की ओर बढ़ा दिया और उसे अपने सीने से लगा लिया, देव बोला, 'हाँ तुम्हीं हो मेरी कामना, कभी नहीं पूछूँगा तुमसे कुछ, कभी नहीं, कभी नहीं....'

चौबीस घंटे

उर्वशी के साथ देव चौबीस घंटे बिता चुका था और उसे लग रहा था जैसे अभी सिर्फ़ 24 मिनट ही हुए हैं। उर्वशी जहाँ भी जाती वहीं उसके तन की महक बिखर जाती। देव ने उसे अपने करीब बुलाते हुए कहा, 'जान, तुम्हारे लिए नये कपड़े लाता हूँ। फिर घूमने चलेंगे।'

उर्वशी ने मुस्कराहट के साथ हाँ का इशारा किया और बाथरूम की ओर बढ़ गयी। देव घर से बाहर निकला और पास ही के मॉल से उर्वशी के लिए कुछ कपड़े ले आया। कपड़ों में दो साड़ी थीं और दो जींस और कुछ टीशर्ट और...

उसे कपड़े दिखाए तो वह बोली, 'इन कपड़ों में तो घुटन होगी। मेरे लिए तो मेरी वाली साड़ी ही ठीक है।'

देव ने कहा, 'अरे जान, ऐसा थोड़े ही होता है। बाहर चलना है ढंग के कपड़े तो होने ही चाहिए। फिर साड़ी वो काफ़ी महीन भी है। छोड़ो न, जो लाया हूँ उसमें जो चाहे पहन लो।'

उसने मुस्कराते हुए साड़ी उठा ली। लगी वहीं पहनने। देव की आँखों की प्यास ख़त्म होने का नाम ही नहीं ले रही थी। वह उसके अंगों को निहारे जा रहा था। तभी देव ने कुछ ऐसा देखा कि रोमांचित हो उठा। उसके बैलेबटन (नाभि) में सोने की बाली। देव ने हँसते हुए उससे कहा, 'यार तुम तो काफ़ी मॉडर्न हो। नाभि में घुँघरुओं वाली बाली, ग्रेट।'

'यह तुम्हारी ही तो पसन्द है। अकसर तुम लड़कियों के बैलेबटन को ही तो ताड़ते हो। और अंग्रेज़ी फ़िल्मों की वो नायिकाएँ तुम्हें भाती हैं, जो अपने बैलेबटन को छिदवाए रहती हैं। ऐसे में मेरा ऐसा होना तो तय ही था।'

'तुम इतना कुछ कैसे जानती हो मेरे बारे में?'

'देव ने पहले ही कहा था तुमसे। मैं तुम्हारी कामना हूँ। और मेरा पहला काम तुम्हारी अतृप्त इच्छाओं को पूरा करना है। तुम्हें हर तरीके से सन्तुष्ट करना है। जैसा सोचोगे वैसा पाओगे मुझे। चलो अब छोड़ो ये सब बातें। बाहर घूमने नहीं चलना।'

कपड़े पहनने के दौरान घुँघरुओं वाली उसकी बाली देव का ध्यान बार-बार अपनी ओर खींच रही थी।

बारिश, कामना और उर्वशी

वह ग़ज़ब ढाह रही थी। उसका साँचे में ढला बदन, सोने-सा रंग, लम्बे बाल, घुमावदार पहाड़ी सड़कों जैसी चाल, आँखें जैसे बोल पड़ेंगी, एकदम बड़ी-बड़ी। देव उसे मन्त्रमुग्ध देख रहा था। उसने देव को झकझोरा और दोनों घर से बाहर निकले। वे कार में बैठे और थोड़ी देर में दोनों एक मॉल में थे।

देव ने उससे कहा, 'चलो यहाँ तुम्हें कुछ शॉपिंग कराते हैं। जो भी तुम्हारा मन हो ले लो।'

उसने बड़े ही प्यार से कहा, 'मुझे किसी चीज़ की इच्छा नहीं। तुम्हारी मुझे लेकर जो इच्छा हो उसे पूरा करना चाहो तो कोई मनाही नहीं।'

ये सुन देव मुस्करा दिया और बोला, 'चलो ठीक है, तुम मेरी मर्ज़ी के कपड़े ले लो। लेकिन एक बात और है। यहाँ लंच करने के बाद घूमने चलेंगे।'

'ग्रेट...'

देव ने उसके लिए जमकर शॉपिंग की और थोड़ी देर बाद एक रेस्तरां में लंच करने लगे। दोनों ने खाना खाया। अब तक बादल घिर आये थे और बूँदा-बाँदी भी शुरू हो गयी थी। थोड़ा आगे ही बढ़े थे कि घना अँधेरा हो गया और तेज़ हवाओं के साथ तेज़ बारिश होने लगी।

उर्वशी देव के पास खिसक आयी और उसे बड़े ही प्यार से घूरकर देखने लगी। और बोली, 'देखने में तो ठीक-ठाक ही लगते हो।'

देव मुस्करा दिया। देव ने गाड़ी को अंसल प्लाजा से लोदी गार्डन की ओर ले लिया। सड़कें भीगी थीं और बस स्टॉप के नीचे भीड़ थी, बारिश से बचने वालों की। सारा माहौल भीगा था, लेकिन तेज़ और मदमस्त हवा के कारण खुशनुमा लग रहा था। पेड़ भी झूमते हुए से लग रहे थे। देव को लग रहा था जैसे उसकी तरह सारा जहाँ ही खुश है।

नेहरू स्टेडियम के आगे से गुज़रे तो देव ने उसको उसके बारे में बताया। वो उसकी बातों को सुनते हुए थोड़े और करीब आ गयी। उर्वशी ने बड़े ही प्रेम से देव के कान पर हल्के से अपने दाँत गड़ा दिये। उसके शरीर में करंट दौड़ गया। वह शरारत भरे अन्दाज़ में बोली, 'आज मौसम कितना सुहाना है न...'

वह देव के बालों में हाथ फेरने लगी। सड़क पर ट्रैफिक कुछ खास नहीं था। आगे रेड लाइट आयी तो वह थोड़ी और आगे खिसकी और उसने देव के होंठों को अपने गर्मागर्म होंठों से कस लिया। देव ने पूरे जोश के साथ जवाब दिया। कुछ देर में ग्रीन लाइट हो गयी लेकिन दोनों बेखबर थे। अपनी ही दुनिया में डूबे थे। तभी पीछे से किसी ने हॉर्न बजाया तो देव मस्ती के आलम से बाहर आया और मुस्कुराते हुए गाड़ी चलाने लगा।

अब गाड़ी लोदी गार्डन के आगे थी। देव ने गाड़ी पार्किंग में लगाई और उससे कहा, 'मेरे साथ बारिश में भीगने के लिए चलोगी।' और उर्वशी ने मुस्कराते हुए कार का दरवाज़ा खोल दिया। इससे पहले देव कुछ कह पाता उस पर बारिश की बूँदें मोतियों-सी पड़ रही थीं।

बारिश में भीगी उर्वशी कमाल लग रही थी। उसके बदन पर बारिश की बूँदें भी नहीं टिक पा रही थीं और फिसल-फिसल जा रही थीं। उर्वशी को देख देव कार से उतरना ही भूल गया था।

वह देव को यूँ देख आगे बढ़ी और हाथ में बारिश की बौछार को क़ैद कर देव के चेहरे पर फेंकी। देव होश में लौटा और बारिश में भीगती अपनी कामना को देख ख़ुद भी कार से बाहर आ गया। देव ने उसकी कमर में हाथ डाला और दोनों

पार्क की पगडण्डी पर आगे बढ़ गये। पेड़-पौधे सभी बारिश से सराबोर थे। पार्क खाली पड़ा था। देव ने उसकी कमर में बाँहें डाल रखी थीं।

तभी उर्वशी बोली, 'कैसा लग रहा है?'

'मत पूछो...कुछ कहने को नहीं है मेरे पास...बस तुम...तुम ही चाहिए थीं...'

इतना कहकर देव ने उसे स्मूच दी। बारिश की बूँदों के बावजूद उसके होंठ थरथरा रहे थे। देव ने उसे अपनी बाँहों में कस लिया। उर्वशी भी कहाँ पीछे रहने वाली थी। अब उसके होंठ और दाँत देव की गर्दन पर चल रहे थे। देव के शरीर में कँपकँपी-सी दौड़ गयी और देव ने उर्वशी को पास ही एक पेड़ से सटा दिया और लगा उसके एक-एक अंग को चूमने।

उसने एक झटके से देव को अपने से दूर हटाया और खुद सामने आ गयी और उसने देव को पेड़ से सटा दिया। देव हैरान था। अब बारी उसकी थी। वह उसे चूमे जा रही थी, बेकाबू होकर, छू रही थी हर अंग को, और उसे बेबस कर रही थी।

देव रति का यह नया रंग समझ नहीं पा रहा था लेकिन उर्वशी थी कि थमने का नाम ही नहीं ले रही थी। बेकाबू नदी की तरह बह रही थी वो उसके बदन पर। वो कामना के प्यासे पर हावी थी और उसे वह सब कुछ दे रही थी, जो उसकी सोच से परे था। वह अतृप्त कामनाओं को पराजित कर रही थी। जीवन दे रही थी सुख और सन्तुष्टि को। उर्वशी के कन्धे से पल्लू सरक चुका था और देव उसमें डूबे जा रहा था...एक ख़्वाब था, अपनी ख़्वाबों की मलिका के साथ पार्क में रमने का और वह आज पूरा हो रहा था। वह सब कुछ भूल चुका था। उसकी बाँहों में मदहोश था। रति का खुमार कुछ देर यूँ ही चला और बारिश कुछ हल्की हुई तो वह रति-क्रम भी शान्त हुआ।

पेड़ से सटकर बैठा था देव और वह उसके सामने खड़ी थी। चेहरे पर हल्की मुस्कान और शरारत के साथ बोली, 'और क्या चाहिए। बोलो, बोलो न। कुछ कमी तो नहीं रही न?'

'ऐसी बातें मत करो। तुमने सब कुछ दे दिया...मुझे...तुम सब कुछ हो...मैं प्यार...'

'बस। अब ज्यादा हो रहा है। प्रेम जैसी कोई चीज़ नहीं मेरे लिए। तुमसे पहले ही कहा, अतृप्त इच्छाओं को पूरा करना काम है मेरा...मुझसे प्रेम मत करो। प्रेम तो बुख़ार की तरह है जो उतर जाता है। मुझे उस रंग की माफ़िक मानो, जिसमें तुमको रँगना है। मैं बाँदी नहीं बन सकती। मैं मस्ती के साथ जीने का नाम हूँ। तिल-तिल कर जीना नहीं...'

देव ने अपने होंठों से उसके मुँह को बन्द कर दिया। देव को उसकी साँसों की महक दीवाना बनाती थी। वह उस खुशबू को अपनी साँसों में बसा लेना चाहता था। देव के होंठ थे कि चूम रहे थे उसकी आँखों को, गालों को, होंठों को, डाल रहे थे गर्दन पर दंश और बेकाबू था पूरा जिस्म...और बैलेबटन में लटकती सोने की घुँघरुओं वाली बाली से पानी की बूँदें टपक रही थीं। देव से रहा नहीं गया, देव ने उसको वहीं घास पर लिटा दिया और होंठ उसके उदर पर रख दिये। उसके दूधिया और मखमली पेट को चूमा। मन में शैतानी दौड़ने लगी और बैलेबटन में बाली को देख दिमाग़ घूम कर रह गया। धीरे-धीरे उसके भीगे उदर पर होंठों से चूमने के बाद दाँतों से खींचकर रख दिया बाली को। उर्वशी भी अब संयम खो चुकी थी, उसने देव के सिर को अपने उदर से सटा दिया। वह उसे चूमा जा रहा था...उसे नीचे, और नीचे...

बदलती तस्वीर

आज उर्वशी को आये सात दिन हो चुके थे। देव था, और हरदम वह थी उसके साथ। उस दिन सुबह उठी तो उसने बड़े ही प्यार से देव के गालों को चूमा और बोली, 'आज मैं तुम्हें खाना बनाकर खिलाऊँगी।'

देव हैरत में रह गया और बोला, 'तुम खाना बनाओगी, अरे नहीं। मैं बना दूँगा। ज्यादा ही बात है तो बाज़ार से मँगा लेते हैं।'

'नहीं मैं बनाऊँगी।'

देव चुप हो गया। वह रसोई में चली गयी और देव नहाने। देव तौलिया ले जाना भूल गया। उसने आवाज़ लगाकर उर्वशी से तौलिया देने को कहा। लेकिन वह आवाज़ अनसुनी कर अपने काम में लगी रही। बाहर आने के बाद वह उसके पास रसोई में गया। वह बड़े ही मन से खाना बनाने में लगी थी। देव ने पीछे से उसे अपनी बाँहों में भर लिया। 'क्या जान, खाना बनाने में इतनी मशगूल हो कि मेरी आवाज़ तक नहीं सुनी।'

'सुनी थी। लेकिन मन नहीं हुआ तुम्हें तौलिया दूँ।'

'क्या मतलब मन नहीं हुआ?'

'मतलब क्या। डार्लिंग गुलाम नहीं हूँ तुम्हारी। और तौलिया पकड़ाने के लिए थोड़ी ही यहाँ आयी हूँ।'

देव ने उसकी बात अनसुनी कर दी और उसे चूमने लगा। उसने बड़े ही प्यार से उसे अपनी बाँहों में ले लिया। दोनों खाना खाकर सोफ़े पर बैठे थे।

देव ने कहा, 'तुमने तो मेरी सारी इच्छाएँ पूरी कर दीं...'

उसे बीच में टोकते हुए उर्वशी बोली, 'सच में! सोच-समझकर बोलो।'

'नहीं, बोलने दो मुझे। सही में, अगर अब मौत भी आ जाये तो ग़म नहीं। सब कुछ मिल गया तुमसे। अब लगता नहीं तुम्हारे बिना जी सकूँगा। तुम्हारे लिए सब कुछ कुर्बान...'

'अच्छा लगा सुनकर कि सात दिन में ही तुम्हारी सारी इच्छाएँ पूरी हो गयीं। बहुत कम प्यास थी तुम्हारी।'

'नहीं, मेरा मतलब दिनों से नहीं। अब तुम्हारे बिना मेरा जीना मुश्किल है।'

'देव मैंने पहले कहा था, मेरा मोह मत पालो।'

'तुम्हारे लिए सब कुछ कुर्बान। सौ ख़ून भी तुम्हें माफ। जो चाहोगी दूँगा।'

'बस करो देव, कैसी बहकी-बहकी बातें कर रहे हो।'

उसके चेहरे पर मुस्कान थी। देव उसके पास आया तो उसने बड़े ही प्यार से कहा, 'कर लो उन्माद शान्त..., कल का क्या

भरोसा...' देव ने उसकी बात अनसुनी कर दी और...

रूपसी और देव की करवट

आधी रात बीत चुकी थी। देव उर्वशी की ओर पीठ किये सो रहा था। वह जाग रही थी...नाइट बल्ब देव को पसन्द नहीं...इसलिए ट्यूब की दूधिया रोशनी में नहाई उर्वशी की देह, और भी मादकता उड़ेल रही थी और इसका एक-एक अंग बोल उठने को तैयार था। लेकिन पिछले सात दिन में यह पहला मौक़ा था जब देव ने उसकी ओर पीठ की थी।

कहते हैं सुन्दरता की तौहीन ठीक नहीं...उसने भी देव की ओर पीठ की तो साँचे में ढली कसी हुई उसकी देह चीत्कार कर उठी...सुन्दरता को तौहीन पसन्द नहीं...लगता है कामना का घड़ा भरने लगा है...उर्वशी चेहरे पर मुस्कान लिए हुए चुपचाप आँख बन्द कर लेट गयी...मुक्ति का समय आ गया है।

देव सुबह उठा तो उर्वशी सो रही थी या कहें अधजगी थी। उसके गाल को चूमे बिना देव बाथरूम की ओर चला गया। जब लौटा तो उर्वशी अपनी उसी पुरानी और झीनी साड़ी में खड़ी मुस्करा रही थी।

'अरे यह क्या?'

उर्वशी ने बड़े ही प्रेम से कहा, 'देव, अब मुझे चलना होगा।'

देव एकदम हैरान था, 'क्यों? क्या मैंने कोई कमी रखी। क्या मैंने कुछ गलत किया।'

'देव फालतू की बातें मत करो। मैं तुमसे कुछ लेने नहीं आयी थी। तुम्हारी कामनाओं को पूरा करने आयी थी। अब लगता है। तुम्हारी कामनाएँ पूरी हो चुकी हैं।'

'नहीं, मुझे अब भी तुम्हारी ज़रूरत है।'

'नहीं, अब तुम्हें मेरी नहीं एक ज़िस्म की ज़रूरत है। जिसकी तुम उपेक्षा कर सको और अपने ढंग से हाँक सको। भोग कर सको उसका, सिर्फ़ भोग...वैसे भी तुम जैसा एक और है, जिसे तुमसे अधिक मेरी कामना है। इसलिए अब चलना तो होगा ही।'

'तुम मुझे छोड़कर नहीं जा सकतीं उर्वशी।'

'तुमसे पूछकर नहीं आयी थी, इसलिए मुझे नहीं लगता जाने के लिए तुम्हारी इजाज़त चाहिए होगी। जिस तरह तुम्हारी अतृप्त कामनाओं को पूरा किया, अब समय आ गया है तुम्हारी तरह ही किसी और की इच्छा पूरी करने का। उसे भी मेरा इन्तज़ार है।'

'नहीं, तुम किसी और की नहीं हो सकतीं। तुम मेरी हो।'

'बकवास बन्द करो। अब मुझे चलना है।'

'रुक जाओ। प्लीज़...'

'भावनाओं में मत बहो, सारी बातें हमारे बीच पहले ही हो चुकी थीं। अब यह नौटंकी बन्द करो।'

'तुम नौटंकी कह रही हो मेरे प्रेम...'

'यह प्रेम कहाँ से आया। तुमसे पहले ही मना किया था। मैं इस रोग के लिए नहीं। मैं सिर्फ़ कामना हूँ....'

'बन्द करो यह अपनी अंट-शंट। मेरी बात मान जाओ...'

'सॉरी देव। इट इज़ इम्पॉसिबल।'

'एवरीथिंग इज़ पॉसिबल...'

'अरे यार तुम मानते क्यों नहीं। मैं बँधने का नाम नहीं। क्या हवा को कोई बाँध सका है या फिर धूप को मुट्ठी में क़ैद कर सका है कोई। नहीं न वैसे ही...'

'मुझे दार्शनिकता का पाठ मत पढ़ाओ। तुम्हें रुकना होगा।'

'अच्छा देव, अब बहुत हुआ, अब मुझे चलना होगा।'

'कमाल है तुम मेरी बात सुनने को ही तैयार नहीं हो।'

'देव, तुम्हारी टोन कैसे चेंज हो गयी।'

'मान जाओ न...'

'बस चलती हूँ मैं...'

'नहीं...नहीं...'

और उर्वशी चली गयी।

फ्लैश बैक

बात बहुत पुरानी है। उर्वशी नाम की एक रूपसी हुआ करती

थी। जो बहुत सुन्दर थी और जिसके रूप की चर्चा कई नगरों में थी। एक दिन उसके पास एक साँवला और मोटे नैन-नक्श वाला युवक आया। उसमें ऐसी कोई बात नहीं थी कि कोई हसीना उस पर कुर्बान होती...युवक ने बड़े ही प्यार से उसके सामने इश्क़ का इज़हार किया और बताया कि वह फलाँ देश का राजकुमार है...उससे शादी करना चाहता है...उर्वशी ने उसकी बात हँसकर टाल दी...

युवक ने कहा जब तक वह उसका प्रणय निवेदन स्वीकार नहीं करेगी तो वह वहीं पास के तालाब के किनारे बैठा रहेगा। इस तालाब पर अकसर उर्वशी अपनी सहेलियों के साथ अठखेलियाँ करने के लिए आती थी। कई दिन गुज़र गये राजकुमार वहीं बैठा रहा। न उर्वशी आयी न उसका कोई सन्देश।

एक दिन गोधूलि वेला में राजकुमार क्या देखता है कि उर्वशी एक खूबसूरत से नौजवान के साथ चली आ रही है। राजकुमार उसके पास आया तो उर्वशी ने उसका उपहास उड़ाया, प्रेमपाश में बँधा राजकुमार कुछ नहीं बोला। उसने बड़े ही प्रेम से कहा कि तुम्हारा वर देख मुझे अच्छा लगा। मैं तुमसे सच्चा प्रेम करता हूँ इसलिए जिसके साथ तुम सुखी रहो मेरे लिए वही अच्छा...

वह बोली, 'अरे क्या बके जा रहे हो। वह कोई मेरा वर-वुर नहीं है। मुझे अच्छा लगा तो मैं इसके साथ घूमने निकल पड़ी। आगे क्या होता है मुझे नहीं पता। और वैसे भी मुझे नहीं लगता वह दुनिया का सबसे खूबसूरत व्यक्ति है। मैं तो दुनिया के सबसे खूबसूरत व्यक्ति से ही शादी करूँगी। और तुम यहाँ से दफा हो जाओ...मैं क्या करती हूँ क्या नहीं...तुम्हें कोई सरोकार नहीं...तुम्हारी शक्ल देखकर सारा दिन ख़राब हो गया...मनहूस, बदशक्ल...'

अपने इस अपमान से राजकुमार क्रोधित हो गया और गुस्से में बोला, 'भगवान अगर मैंने उर्वशी से सच्चा इश्क़ किया है, तो मेरे इस श्राप को फलित करना कि वह सदियों तक ऐसे ही एक से दूसरे पुरुष के हाथ कठपुतली बनी रहे...जब भी किसी पुरुष को सच्चे दिल से उसकी कामना हो तो यह वहाँ मौजूद हो...करती रहे हमेशा दूसरे पुरुषों की कामनाएँ पूरी...न रहे इसकी कभी

कोई कामना...न हो इसकी मर्ज़ी का ही कोई अर्थ...यह भी बने उपहास और उपेक्षा की शिकार...यही है उर्वशी तुझे मेरा श्राप...'

यह सुन उर्वशी का सिर चकरा गया। उसकी आँखों के आगे अँधेरा छा गया। वह राजकुमार के इश्क़ की गहराई समझती थी।

उर्वशी अपनी सुन्दरता के गुमान से बाहर आ गयी। राजकुमार के सामने गिड़गिड़ाने लगी और बोली मैं तुमसे शादी के लिए तैयार हूँ। भगवान के लिए इस शाप से मुझे मुक्त करो...

राजकुमार उससे इश्क़ करता था...भावावेग में शाप देने पर उसे पछतावा हुआ...वह पसीज गया और बोला, 'शादी नहीं करनी मुझे तुमसे। शाप तो वापस हो नहीं सकता लेकिन मैं यह कहता हूँ कि कामना पर किसी की तुम्हें जाना पड़ेगा...कामना पूरी होने या उपेक्षा होने पर, या किसी दूसरे को तुम्हारी बहुत ज्यादा कामना होने या तुम्हारे सौन्दर्य का अपमान होने पर तुम मुक्त होगी जाने को...रहोगी हमेशा यूँ रूपसी और जवान...'

चलते-चलते

उर्वशी के जाने के बाद देव बड़बड़ा रहा था। उस साले सिरफिरे दार्शनिक ने सही कहा था...चली गयी अपने किसी और यार के पास...और अब सब कुछ ख़त्म हो चुका था।

अब जीवन काफ़ी शान्त था। ताका-झाँकी काफ़ी हद तक संयमित हो गयी थी। हर लड़की अब उर्वशी नज़र नहीं आती थी...हाँ एक और बात।

अगले महीने देव की शादी है...उसी श्यामल वर्णा से जिसे उसने उर्वशी के जीवन में आने से पहले मना कर दिया था।

कई युग बीत गये लेकिन उर्वशी आज भी उस राजकुमार का शाप भुगत रही है। चली जाती है, जब होती है किसी को उसकी सच्ची कामना...यही उसकी नियति बन चुकी है...बेशक आप भी कामना कर सकते हैं...लेकिन सावधान...भूल न जाइएगा राजकुमार की बात...

मासूम माशूक़

'ऋषि तुमसे कितनी बार कहा है, ऐसा मज़ाक़ नहीं करते। तुम मुझसे कितने छोटे हो और फिर भी ऐसी बातें, गन्दी बात है।'

'तुम मुझे गलत समझती हो पूनम दीदी...'

'क्या बकवास है? तुम समझते क्यों नहीं हो? एक तरफ़ मुझे दीदी कहते हो और दूसरी तरफ़ ऐसी बकवास?'

'मैं क्या राजू, दिनेश, मुकेश और सभी तो तुम्हें दीदी कहते हैं?'

'शायद तुम्हारी बहन नहीं है, तो तुम क्या जानो रिश्तों के मायने...चलो भागो यहाँ से बदतमीज...'

'मैं नहीं जाऊँगा।'

'जाते हो या कहूँ तुम्हारी मम्मी से।'

मम्मी का नाम सुनते ही ऋषि डर गया और एकदम ख़ामोश हो गया। पूनम उसे झिड़कते हुए जैसे ही उठने लगी तो ऋषि बोला, 'मैं तुमसे कान में कुछ कहना चाहता हूँ, प्लीज़ मेरी बात सुन लो।'

ऋषि के इस तरह मान-मनौव्वल करने पर पूनम पसीज गयी और परेशान होकर बोली, 'कहो।'

ऋषि धीमे से पूनम के कान की ओर गया और उसके गाल को चूमकर भाग गया। पूनम का दिमाग़ घूम गया। लेकिन फिर से सात साल के ऋषि की इस बचकानी हरकत पर हँसी आ गयी। वह इसे उसकी नादानी समझ घर की ओर चल दी।

यह एक दिन की बात नहीं थी। रोज़ का क़िस्सा था। ऋषि अकसर पूनम को अपनी दुल्हन बनाने की बात कहता और उसकी बात सुन कभी पूनम खीज जाती तो कभी हँसकर टाल देती।

वह इस सब से तंग आ चुकी थी। अकसर ऋषि इसी तरह की उलटी-सीधी बातें करता।

यह क़िस्सा उस दिन से शुरू हुआ जब ऋषि की चहेती मिट्टी की गुड़िया टूट गयी थी। उस समय ऋषि की उम्र यही सात साल रही होगी। वह खाते-पीते, सोते-जागते हर पहर उस गुड़िया को अपने पास रखता था। मम्मी-पापा उसे कहते कि वह तुम्हारी दुलहनिया है, जो हरदम इसे अपने साथ रखते हो। यही नहीं, मोहल्ले के कई बड़े लोग भी इसे लेकर ठिठोली करते। लेकिन एक दिन वह गुड़िया उसके हाथ से छूटी और चकनाचूर हो गयी। उसने आसमान सिर पर उठा लिया।

अकसर जैसा मध्यवर्गीय मोहल्ले में होता है, वैसा ही हुआ। पूरा मोहल्ला वहीं इकट्ठा हो गया। सभी पूछने लगे कि क्या हुआ है? तो माजरा सामने गुड़िया का आया। कुछ लोग मुस्करा के चले गये, तो कुछ ने कई तरह के प्रलोभन ऋषि को देने की कोशिश की। लेकिन उसने तो हंगामा काट दिया था और वह किसी की बात सुनने को तैयार ही नहीं था। उसका गला बैठ गया था और वह लगातार रोये जा रहा था। ज़मीन पर लेटा हाथ-पैर मार रहा था और ज़िद यही कि मुझे ऐसी ही गुड़िया चाहिए।

ऋषि के इस तमाशे को देखने के लिए बच्चों की भीड़ भी वहाँ जुट चुकी थी। तभी ऋषि की मम्मी की नज़र सामने खड़ी पूनम पर गयी तो उन्होंने प्यार से उसे बुलाया। सोलह साल की पूनम चुपचाप से उनकी ओर चली आयी। उसने मिडी पहन रखी थी और बाल खुले थे और घुँघराले थे। आँखों में चमक थी और चेहरा चाँद जैसा था। माँ ने बड़े ही प्यार से कहा, 'देखो, पूनम भी तो गुड़िया जैसी है। सुनो लल्ला, तुम इसे ही अपनी गुड़िया मान लो...जब बड़े होगे तो इसे तुम्हारी दुलहनिया बना देंगे।'

ऋषि की मम्मी ने पूनम की ओर देखते हुए कहा, 'क्यों बिटिया बनोगी न लल्ला की दुलहनिया।' और इशारा कर दिया कि हाँ में जवाब दे।

पूनम ने हाँ में सिर हिलाया और बड़े प्यार से ऋषि के गाल

को चूमा और बोली, 'चुप हो जाओ ऋषि रोते नहीं...'

ऋषि को न जाने क्या हुआ और वह एकदम से ख़ामोश हो गया। और वह कुछ समय तक यूँ ही पूनम का हाथ पकड़कर बैठा रहा। न जाने वह क्या बात थी, जिसने ऋषि को एकदम ख़ामोश कर दिया था। वह बस पूनम का चेहरा देखता रहा।

बस इस दिन के बाद से वह चौबीसों घण्टे पूनम के चक्कर काटता और उसे अपनी दुल्हन बनाने की बात कहता। गाहे-ब-गाहे पूनम के पास पहुँच जाता और घंटों उसे देखता रहता। उसे अपने साथ खेलने के लिए कहता, वह मना करती तो ज़िद करता।

कभी बातें करने की कोशिश करता तो कभी हाथ पकड़कर बैठ जाता। पूनम के एग्जाम चल रहे होते तो वह उसे टरकाने की कोशिश करती। लेकिन हर दिन के साथ ऋषि का पूनम को लेकर जुनून बढ़ता ही जा रहा था। पूरा मोहल्ला अब उसकी फिरकी लेने लगा था।

दिन बीतते गये। ऋषि के पूनम मोह में रत्ती भर भी कमी नहीं आयी। बल्कि दिन दोगुनी और रात चौगुनी रफ़्तार से बढ़ने लगा था। काफ़ी समय गुज़र चुका था और ऋषि अपने जीवन के 17 सावन देख चुका था। लगभग छह फ़ीट, गेहुआँ रंग। कसरती बदन वाला ऋषि हैंडसम युवक बन चुका था। ऐसा युवक जिस पर कई लड़कियाँ जान छिड़कती थीं। लेकिन उसकी रग-रग में सिर्फ़ पूनम ही बसती थी।

उधर 26 साल की पूनम भी ग़ज़ब की थी और उसकी सुन्दरता में हर दिन के साथ इजाफा ही हुआ था। अकसर लम्बे कुर्तों और चूड़ीदार या जीन्स में दिखती। अपना एमबीबीएस ख़त्म कर चुकी थी और अब वह एक प्राइवेट अस्पताल में काम कर रही थी।

हालाँकि ऋषि पहले से समझदार हो गया था। अब बात करने का उसका अन्दाज़ भी काफ़ी बदल गया था। उसकी बात में संजीदगी आ गयी थी। अकसर जब पूनम छत पर बैठी पढ़ रही होती तो ऋषि तब तक अपनी छत पर बैठा रहता और उसी को निहारता रहता। पूनम आज भी उसे वही छोटा ऋषि मानती थी।

वह शरीर से जितना बलिष्ठ लगता हृदय से उतना ही सुकुमार था। हर बात दिल से सोचना और मोहल्ले में उसे किसी ने ऊँची आवाज़ तो छोड़ो, नज़रें उठाकर चलते हुए भी नहीं देखा था। मोहल्ले के गेट पर खड़े लड़कों के साथ वह कभी नज़र नहीं आता। अकसर अपनी किताबों या पूनम के साथ अपनी दुनिया में घूमता रहता। ऋषि पूनम के इश्क़ में इस तरह डूबा हुआ था कि कभी वह किसी से तेज आवाज़ में बोला नहीं। हर किसी से बहुत तमीज़ से पेश आता और उसके नेचर में बहुत ही सॉफ्टनेस आ चुकी थी।

वह अकसर पूनम से मिलने के मौक़े तलाशता। वही बात उसकी ज़ुबान पर रहती लेकिन बात कहने का उसका अन्दाज़ बदल गया था। वह अकसर उसके घर जाता और अकेले में मिलता तो कुछ नहीं कहता। लेकिन उसकी आँखों में इश्क़ की आग साफ़ नज़र आती थी। वह पूनम से ख़ूब बातें करता। पूनम भी उससे बात करती लेकिन वह जल्द से जल्द बात को ख़त्म करना चाहती क्योंकि वह जानती थी कि उसकी बात आख़िर में उसी क़िस्से पर ख़त्म होगी। आख़िर में वह यही कहता, 'पूनम, आइ लव यू...प्लीज़ मेरा इन्तज़ार करना...मेरी ही दुल्हन बनना।'

सब कुछ ढर्रे पर चल रहा था और ऋषि की बारहवीं हो चुकी थी और अब वे इंजीनियरिंग में दाखिला लेने जा रहा था। एक दिन उसे अपनी माँ से पता चला कि पूनम की शादी की बात चल रही है। हालाँकि पूनम अभी शादी नहीं करना चाहती है लेकिन कोई अच्छा लड़का मिल रहा है, जो दिल्ली में ही डॉक्टर था और उसका अपना क्लिनिक था।

ऋषि का पूरा वजूद ही हिल गया था। इसके बाद से उसे पूनम से बिछड़ जाने का डर सताने लगा। वह पूनम से अकेले मिलने के मौक़े तलाशने लगा। एक दिन अचानक घर की बेल बजी, तो ऋषि दरवाज़ा खोलने गया, तो उसके सामने पूनम थी। उसे समझ नहीं आया कि वह क्या करे। वह उसे ही देखने लगा लेकिन पूनम ने उसको ख़यालों की दुनिया से बाहर लाने का काम

किया। वह बोली, 'आंटी हैं क्या...उन्होंने यह मेडिसिन मँगाई थी, उन्हें दे देना।'

ऋषि ने कहा, 'मम्मी घर पर नहीं हैं।'

यह सुनकर पूनम वापस जाने लगी, लेकिन ऋषि बोला, 'प्लीज़ रुक जाओ न। मैं तो हूँ।'

'नहीं चलती हूँ। मुझे आंटी से काम था।'

'प्लीज़ रुक जाओ...।'

पूनम ने जवाब दिया, 'मैं रुकूँगी तो तुम्हारी पुरानी रट चालू हो जायेगी?'

बाहर धीमे-धीमे हो रही बूँदा-बाँदी अब तेज़ बारिश में तब्दील हो चुकी थी। ऋषि ने इस बारिश की दुहाई दी। न जाने क्या सोचकर पूनम रुक गयी। वह जानती थी, अगर इस तरह वह चली गयी तो ऋषि को वाकई काफ़ी बुरा लगेगा। बेशक, वह ऋषि से प्यार नहीं करती थी लेकिन वह उससे नफरत भी नहीं करती थी।

वह वहीं सोफ़े पर बैठ गयी और बाहर खिड़की के काँच पर पड़ रही बारिश की बूँदों को देखने लगी। ऋषि ने उसी ओर देखा जहाँ उसकी आँखें देख रही थीं। ऋषि बोला, 'देखो यह बूँदें किस तरह खिड़की के काँच पर गिर रही हैं। उस काँच के साथ सटकर नीचे तक जा रही हैं और फिर उसके बाद हर बूँद अपना अस्तित्व खोकर एक धार में तब्दील हो जाती है। उसी तरह मैं तुम्हारे प्यार में डूबकर तुम में जज़्ब हो जाना चाहता हूँ। मैं चाहता हूँ मेरी पहचान तुम्हारे साथ हो...' वह आकाश से बरसती तेज़ बूँदों की तरह बरसा जा रहा था और उसके शब्द पूनम को सूखी धरती की तरह भिगोए जा रहे थे। शब्दों की तेज़ धारा में वह बहे जा रही थी। यह पहली बार था, जब पूनम खुद को कमज़ोर महसूस कर रही थी। कुछ तो ऐसा था तो जो उसे वहाँ उठने नहीं दे रहा था।

ऋषि कुछ देर के लिए रुका और फिर बहुत धीमे से बोला, 'क्या तुम्हारी शादी पक्की हो गयी है...?'

पूनम ख़ामोशी से अब भी खिड़की से बाहर देख रही थी। वह ऋषि की आँखों में नहीं देखना चाहती थी।

ऋषि के लिए उसकी ख़ामोशी बर्दाश्त से बाहर हो रही थी। वह बोला, 'पूनम भगवान के लिए बताओ क्या यह सच है?'

'हाँ, ऋषि शादी की बात चल रही है। बस, अब मुझे जाने दो।' पूनम उठकर जाने लगी तो ऋषि ने उसका हाथ पकड़ लिया। पूनम के शरीर में हज़ारों वोल्ट का करंट दौड़ गया। वह फिर सोफ़े पर धँस गयी।

'नहीं, पूनम ऐसा नहीं हो सकता। ऐसा कैसे हो सकता है? तुम ऐसा कैसे कर सकती हो? मैं तुमसे प्यार करता हूँ। मैंने आज तक तुम्हारे अलावा कुछ नहीं चाहा। कुछ नहीं सोचा। बेशक मानता हूँ वह बचपन का एक दिलासा था लेकिन मैं क्या करूँ वह दिलासा मेरा सहारा बन गया। मैंने तुम्हारे अलावा किसी लड़की का ख़याल नहीं किया और न ही किसी के बारे में सोच सकता हूँ। तुम ही मेरी शुरुआत और तुम ही मेरा अन्त हो। प्लीज़ मेरी फीलिंग्स को समझो यार!!!'

'ऋषि मैं दस साल से यह बातें सुनती आ रही हूँ। यह ठीक नहीं है...मैच्योर बनो यार। अब इस सब को ख़त्म करो...तुमने सही कहा वह एक दिलासा था।'

'पूनम यह तुम्हारे लिए दिलासा हो सकता है। मेरी ज़िन्दगी बन चुका है। मैं उम्र के इस अन्तर को नहीं मानता। मैं सिर्फ़ एक बात जानता हूँ वह है तुमसे इश्क़...'

'तुम कुछ भी कह सकते हो लेकिन मैंने तुम्हें कभी इस नज़र से नहीं देखा। मेरी भी ज़िन्दगी है। तुम जबरदस्ती मेरी ज़िन्दगी में दखल क्यों देना चाहते हो...मैं ख़ामोश रहती हूँ ताकि तुम्हारी भावनाओं को चोट न पहुँचे...लेकिन तुम नहीं समझते...मेरी पर्सनल लाइफ के बारे में तुम क्या जानते हो? कुछ नहीं...सिर्फ़ यही जानते हो कि मैं तुम्हारी गुड़िया हूँ...व्हाट इज़ दिस...'

'क्या तुम किसी और से इश्क़ करती हो?'

'दैट इज़ नन ऑफ योर बिजनेस...'

'बताओ न, प्लीज़...'

'अगर हाँ हो तो?'

ऋषि को लगा जैसे उसका दम ही निकल जायेगा। दर्द उसके चेहरे पर नज़र आ रहा था। ऋषि बोला, 'मैं जानता हूँ तुम मुझसे पीछा छुड़ाना चाहती हो। देखो, थोड़ा इन्तज़ार कर लो...मेरी इंजीनियरिंग की पढ़ाई पूरी हो जायेगी। अच्छा कॅरियर होगा...और आजकल एज गैप मायने नहीं रखता।'

बातों का सिलसिला ख़त्म होने का नाम नहीं ले रहा था। लेकिन ऋषि भी हारने का नाम नहीं ले रहा था। जब पूनम नहीं मानी तो उसने आखिर में बात ख़त्म करते हुए कहा, 'पूनम देखो मुझे सिर्फ़ पाँच साल का समय दे दो। मैं तुम्हारे लायक बनकर दिखाऊँगा। लेकिन एक बात याद रखना...अगर तुम मेरी नहीं हो सकीं तो मैं ऐसा करूँगा तुम तो क्या दुनिया का कोई शख़्स उस बारे में नहीं सोच सकता।'

पूनम गहरी सोच में डूब गयी थी। उसे ऋषि नॉर्मल होता नहीं नज़र आ रहा था। उसने सोचा और बोली, 'चलो अपनी पढ़ाई में मन लगाओ और कॅरियर बनाओ। इस बीच मैं तुम्हारी बात पर सोचूँगी।'

ऋषि के चेहरे पर मुस्कान दौड़ गयी। वह बोला, 'मुझे बहलाना मत...वर्ना जो मैंने कहा है वह धमकी नहीं है...सच है।'

'हाँ, बाबा याद है।' यह कहकर पूनम घर से निकल गयी।

इस बात को तीन साल गुज़र गये। ऋषि की इंजीनियरिंग की पढ़ाई भी बढ़िया चल रही थी। पूनम की शादी अभी तक नहीं हुई थी, ऋषि खुश था। अब ऋषि पूनम से मिलने पर सिर्फ़ हाल-चाल पूछता और चलता बनता। अब वह अपनी बात रिपीट नहीं करता था। लेकिन कहते हैं न अच्छे दिन चुटकियाँ बजाते हवा हो जाते हैं, ऐसा ही कुछ ऋषि के साथ भी हुआ। एक दिन उस पर जैसे किसी ने वज्रपात किया हो। वह कॉलेज से घर लौटा तो पूनम की मम्मी उनके घर कार्ड लेकर बैठी थी और मिठाई का डिब्बा भी था।

ऋषि का सिर झन्ना गया। उसने आंटी को नमस्ते कहा और वहीं खड़ा हो गया। पूनम की मम्मी उससे मुखातिब हुईं, 'सुना

है, तुम्हारी गुड़िया की शादी पक्की हो गयी है। पन्द्रह दिन बाद शादी है। उसके छह महीने बाद तक मुहूर्त नहीं था, इसलिए सब झटपट हो गया।'

वह कुछ नहीं बोला और हल्की-सी दर्द भरी मुस्कान देकर छत की ओर सीढ़ियाँ चढ़ गया। उसकी आँखों से आँसू बहे जा रहे थे। वह तेज़ चिल्लाना चाहता था। वहीं वह छत की मुँडेर के साथ सटकर बैठ गया और पागलों की तरह फूट-फूटकर रोने लगा। उसने मुँह पर हाथ रख रखा था ताकि उसकी आवाज़ किसी को सुनाई न दे। आँखों से आँसू बहे जा रहे थे। उधर, सामने सूरज अस्त हो रहा था और पूरा आकाश संतरी रंग से नहाया हुआ था। पक्षियों के झुण्ड आकाश में उड़े जा रहे थे। अपने ठिकानों को लौटने के लिए आँखों को अच्छी लगने वाली यह बातें ऋषि के दर्द को और गहरा रही थीं। अस्त होता सूरज उसे उसके कत्ल हुए इश्क़ के ख़ून के कतरों की वजह से लाल नज़र आ रहा था। उसे पक्षियों का शोर अपना मज़ाक़ उड़ाता लग रहा था। जबकि पास ही बिजली के तारों में फँसी बिल्ली का रुदन उसके दिल को चीरे जा रहा था। उसके आस-पास सब कुछ हो रहा था, लेकिन वह बेख़बर था...सिर्फ़ पूनम का चेहरा उसके दिमाग़ में कौंध रहा था। उसे लग रहा था, जैसे उसका दम निकल जायेगा। लगभग घण्टे भर तक वह वहाँ बैठा रहा, लेकिन नीचे से माँ की आवाज़ आयी तो उसने ख़ुद को सँभाला और आँखें पोंछीं और नीचे जाने लगा। अब सूरज की लालिमा उसकी दर्द भरी आँखों में समा चुकी थी। वह नीचे आया और सीधे अपने कमरे में चला गया।

इस बात को कई दिन हो चुके थे और वह कॉलेज से लौट रहा था तो उसे रास्ते में पूनम मिली। उसने उसे मुस्कराते हुए हैलो कहा और बोला, 'वादा तोड़ दिया न...मेरी बात भूल गयी...चलो कोई बात नहीं मुबारक हो...'

इसके पहले पूनम कुछ कह पाती, ऋषि आगे बढ़ चुका था। आज ऋषि ने पीछे मुड़कर नहीं देखा था। पूनम ख़ुद से दूर जाते

ऋषि को देखे ही जा रही थी। उसके दिल में एक डर बैठ गया था। न जाने वह क्या करेगा?

उस दिन के बाद दोनों की मुलाकात नहीं हुई। शादी का दिन आया तो एक अच्छे पड़ोसी की तरह ऋषि ने पूनम के मम्मी-पापा की पूरी मदद की। सुबह जब पूनम की विदाई का समय आया तो बाकी लोगों के साथ ऋषि भी वहीं खड़ा था। ऋषि की आँखों में दर्द साफ़ झलक रहा था, लेकिन उसके चेहरे पर मुस्कान भी थी ताकि किसी को उसका दर्द समझ नहीं आ सके। पूनम ने उसकी ओर देखा तो वह मुस्करा दिया। विदा लेते समय पूनम का दिल जोरों से धड़क रहा था। उसे किसी तरह के अनिष्ट की आशंका खाए जा रही थी।

शादी के दूसरे दिन पूनम अपने घर फेरा डालने आयी तो उसने घर आकर सबसे पहले ऋषि के बारे में पूछा। उसकी मम्मी ने बताया कि वह तो कॉलेज गया है। उसकी जान में जान आयी। फिर वह ससुराल लौट गयी।

कुछ दिनों बाद पता चला कि ऋषि के पिता ने वह मकान बेच दिया है और वे पंजाब के अपने गाँव वापस लौट गये हैं। ऋषि हॉस्टेल में रहने चला गया है। लेकिन कुछ लोग यह भी कहते हैं कि हमेशा ख़ामोश रहने वाले ऋषि ने अपने माता-पिता से कुछ कहा तो घर में हंगामा हो गया और उसकी बात से दुःखी होकर उन्होंने शहर को छोड़कर अपने गाँव जाने का फ़ैसला कर लिया।

यूँ ही ढाई साल गुज़र गये। इस दौरान पूनम ने ऋषि के बारे में कई बार जानने की कोशिश की लेकिन कोई सम्पर्क नहीं हो सका। उसका मोबाइल नम्बर भी बन्द था। लेकिन एक दिन पूनम को वह खुशी मिली जो हर औरत का सपना होती है। उसके बेटा हुआ। घर में खुशी का माहौल था। पूरे घर में हलचल थी। उसका पति अमेरिका में रहता था। यह वही शख़्स था, जिसने पूनम इश्क़ करती थी लेकिन ऋषि खुद को कुछ न कर ले इस डर से उसने कभी उसे इस बारे में बताया नहीं था। विदेश में सैटल होने का इन्तज़ार की वजह से शादी को तीन साल बढ़ा दिया गया था।

पूनम बहुत ख़ुश थी कि तभी उसे पता चला कि घर में हिजड़े आये हैं। ख़ूब नाच-गाना हुआ और हिजड़ों को उनकी मनमर्ज़ी के मुताबिक शगुन भी दिया गया। तभी पूनम को बाहर बुलाया गया और पूनम अपने बेटे को लेकर बाहर आयी तो हिजड़ों में से एक ख़ूबसूरत-सा हिजड़ा पूनम की ओर आया और उसने बच्चे को गोद में उठा लिया। वह उसे प्यार करने लगा तो पूनम की नज़र उसके चेहरे की ओर गयी...उसने पूनम से पूछा, 'बेटे का नाम क्या है...' पूनम स्तब्ध थी और उसके हैरत से खुले मुँह से सिर्फ़ यही निकला, 'ऋषि!!!'

कसक-ए-इश्क़

वे लड़का-लड़की अपने पसन्दीदा पार्क में मिलते जो पार्क कम जंगल ज्यादा था। उसे न जाने वहाँ कैसा सुकून मिलता। वह अकसर पेड़ों के झुरमुट के नीचे वाले बेंच को चुनती। लड़के से सटकर बैठती और आँखों में ख़ामोशी समेटे रहती। लड़के की हर शरारत पर मीठी-सी मुस्कान देती। बड़े प्यार से उसके गाल चूम लेती। बिल्कुल नन्हे शावक की तरह। उसकी यही मासूमियत तो लड़के को दीवाना बनाती थी।

लड़की को कभी न जाने क्या होता कहीं खो जाती, बेंच पर होते हुए भी वह वहाँ नहीं होती। लड़का कुछ कहने की कोशिश करता तो अपने हाथ से उसका मुँह बन्द कर देती। लड़का अकसर उसका हाथ पकड़कर कहता, 'जान परेशान हो क्या?'

ऐसा लगता वह कुछ सुनना चाह रही हो। कुछ ऐसा जो लड़के की समझ से परे था। कभी लड़का इस बात पर खीझ जाता, तो वह बड़े प्यार से उसे अपनी बाँहों में भर लेती और कहती तुम्हारे साथ गुज़ारे लम्हे सुकून से गुज़रते हैं और फिर वह कुछ लम्हों तक ऐसे ही बैठे रहती।

अकसर पार्क में मिलने वाले दिन लड़का उससे स्कर्ट और लूज़ टॉप पहनने के लिए कहता। लड़के की आँखों में दौड़ती शरारत देखकर मुस्कान लड़की के होंठों पर तैर जाती, वह प्यार से लड़के की ओर देखती और आँखों ही आँखों में कहती कि तुम सुधरोगे नहीं।

उन दिनों लड़के के फाकापरस्ती के दिन थे। वह बड़े प्यार

से लड़के के बालों में हाथ फेरती और कहती, 'तुम आईएएस बन जाओगे मेरे हीरो'।

उसके इतना कहते ही लड़के में जोश की बाढ़ आ जाती और वह तिगुने-चौगुने जोश से मेहनत करने लगता।

लड़की का बारिश में भीगने का शौक भी कमाल का था। अकसर मौरिस नगर वाली दिल्ली यूनिवर्सिटी की हरी-भरी सड़क पर वह लड़के के संग घंटों टहलती, लेकिन जैसे ही बारिश बन्द होती, तो मुरझा जाती बिल्कुल वैसे ही जैसे किसी बच्चे से उसका पसन्दीदा खिलौना छीन लिया गया हो। बारिश की बूँदें उसके मासूम चेहरे पर पड़ते हुए होंठों पर आतीं, तो अकसर वह अपने होंठों को लड़के की ओर बढ़ा देती, लड़के को उसके होंठों से बारिश की बूँदें चूमना बेहद पसन्द था। वह बारिश के पानी को अपने में सोखती और कभी पोंछती नहीं।

कभी लड़का हताश होता तो वह उसे अकेला नहीं छोड़ती। चाहे घर जाने पर जितनी भी डाँट क्यों न पड़ जाये, वह सबसे बेपरवाह रहती। वह कहती, 'तुम हो तो मेरी हर खुशी है।' वह लड़के को कसकर बाँहों में भर लेती और उसकी हर चाहत को पूरा करने की कोशिश करती।

प्यार के लम्हे गुज़र जाने के बाद वह अकसर लड़के के सीने पर सिर रखकर लेट जाती और कहती, 'यार तुम आईएएस बनोगे मुझे पूरा यक़ीन है, मैं हमेशा तुम्हारे साथ हूँ।'

लड़के का हमेशा यही सवाल होता, 'यू आर ऑन पिल न?'

वह हाँ में सिर हिला देती और फिर किताब उठाकर रैंडमली उससे कुछ भी पूछने लग जाती। कई बार जवाब गलत होने पर वह लड़के को नोच लेती...वह कहती, 'इश्क़ सैक्रीफाइस का नाम है।'

उसकी आदतें बहुत अजीब थीं, उसे खुले में रहना पसन्द था। कैफे, रेस्तराँ या होटलों से नफरत थी या तो दिल्ली यूनिवर्सिटी के उस जंगलनुमा पार्क में बैठना पसन्द करती या फिर लड़के की बरसाती में उसे तंग जगह वाला मेरा कमरा। उसे तंग जगहें, बन्द कमरे और घुटन भरे ठिकानों से ऊब होती थी। छत पर बने इस

कमरे को उसने ही तो ढूँढ़ा था। जहाँ से रिज की हरियाली साफ़ दिखती थी और ताज़ी हवा के झोंके हमेशा ताज़गी का एहसास देते।

अकसर वह लड़के के कमरे पर आते ही अपने कपड़े उतार देती। वह जितना भी समय वहाँ रहती कोई कपड़े नहीं पहनती। लड़के के पसीने छूटते रहते और कहती, कभी मैं ऐसी जगह पर घर लूँगी जहाँ सिर्फ़ मैं हूँगी बिना कपड़ों के अपने बागीचे में अपने फूल-पौधों के साथ। सिर्फ़ मैं और सब कुछ-कुछ खुला। हरी घास और उसकी ठंडक और नमी को अपने तन पर महसूस कर सकूँगी। दिल्ली यूनिवर्सिटी में वह सोशोलॉजी की लेक्चरर थी, तो उसकी बातें वैसे भी कई बार बहुत गाढ़ी होती जातीं।

कभी कमरे पर रहने के दौरान ही बारिश हो जाये तो कमरे की दहलीज पर बैठी भीगती रहती।

उसके सारे शौक एकदम अनोखे और लड़के की समझ से परे थे। शायद वह ही लड़के की समझ से परे थी। लेकिन लड़का ऐसा दिखाता कि उसे बखूबी समझता है। वह भी उसे इस बात का भरपूर एहसास देती कि वह सही है।

लड़के की उम्र 24 साल थी और लड़की की तीस। लड़के की मुलाकात उससे यूपीएससी के लिए सोशोलॉजी को चुनने और एक्सपर्ट्स से मिलने के दौरान हुई। उसने लड़के को बहुत अच्छे से समझाया था और फिर दोनों के बीच मुलाकातें और धीरे-धीरे प्यार की बातें होने लगीं। कई मौक़ों पर उसकी मैच्योरिटी लड़के को बच्चा सिद्ध कर देती थी। दोनों को एक दूसरे का साथ अच्छा लगने लगा। वह लड़के की ज़रूरत बनती जा रही थी। लेकिन उसने कभी भी लड़के को ऐसा एहसास नहीं होने दिया। लड़की हमेशा अपनी जेब से खर्च करती थी। वह कभी इस बात का एहसास नहीं होने देती कि उसकी जेब का पैसा कब लड़के की जेब में आ गया। वह हँसते हुए बोलती, 'यह मत समझना कि मेरा पैसा तुम्हारा है। यह तो मेरा इन्वेस्टमेंट है तुम पर। जब आईएस बन जाओगे तो सब ब्याज समेत वसूल लूँगी।' उसकी यह बातें लड़के के दिल को छू जातीं, उसके दिल में लड़की के

लिए प्यार कई गुना बढ़ जाता। उसकी आँखें सब कुछ कहती थीं। वह कहती मैं तुम्हारा कुछ भी नहीं चाहती लेकिन मेरा जो है वह सब कुछ तुम्हारा है।

बात उस दिन की है जिस दिन लड़के का यूपीएससी का प्रीलिम्स का रिजल्ट आया था। प्री क्लियर हो गया था। वह दोपहर को ही लड़के के कमरे पर आ गयी और अपने साथ खाने के लिए ढेर सारी चीज़ें भी लायी थी। उसने कहा, 'मेरी पहली किस्त मुझे मिल गयी है...आज पूरी रात तुम्हारे साथ मस्ती...घर पर कह दिया है...' यह कहते उसने लड़के को गले से लगा लिया और काफ़ी देर ऐसे ही उससे लिपटी रही। लड़के के लिए सबसे ख़तरनाक होता था उसका लिपटना, उसके बालों की महक, उसके शरीर की जादुई गन्ध और उसकी साँसें लड़के को अपने तिलिस्म में बाँध लेती थीं। वह उसके शरीर के जादू में बँधने लगता था। लड़का भी उसे अपने आगोश में कसता जाता और वह भी इस सागर में डूबती चल गयी। लड़के ने उसके बालों को चेहरे से उठाया और बड़े ही प्यार से कसकर उसके होंठों को चूमने लगा। इतना कसकर कि उसकी साँसों को अपनी साँसों में बसा ले। लड़के ने जोश और उसके पागलपन में इतना कसकर उसके होंठों को अपने होंठों में लिया कि कब उन पर उसके दाँत गढ़े समझ ही नहीं सका।

लड़का पागल हुआ जा रहा था और उसने भी खुद को सौंप दिया था। लड़के को तभी एहसास हुआ कि उसने कुछ ज्यादा ही कर दिया है...और उससे थोड़ा अलग हुआ तो उसने साँस ली और उसके होंठों के किनारे पर हल्की-सी ख़ून की बूँद थी। लड़का कुछ कह पाता, उससे पहले उसने उसके मुँह पर हाथ रख दिया, 'मेरे वैंपायर...'

फिर लड़की अपने होंठों को इस तरह हरकत में लायी कि लड़के के पसीने छूट गये। लड़का बौराया जा रहा था। लड़के ने उसे एकदम से बिस्तर की ओर धकेल दिया और पागलपन के साथ उसके कपड़े उतारने लगा। अब लड़की के तन पर एक भी

कपड़ा नहीं था। लड़का अपने कपड़े उतारने लगा, लड़की ने उसे बीच में ही रोक दिया और उसने एक झटके से उसका कुर्त्ता बटन वाले हिस्से से फाड़कर रख दिया।

उसने तेज़ी से लड़के को अपनी ओर खींचा और ज़मीन पर गद्दे पर धकेल दिया और अब वह लड़के के ऊपर थी। लड़के ने पहला क़िला फतह कर लिया था, लेकिन दोनों जीत का जश्न इस तरह मनाएँगे, लड़के ने सोचा भी नहीं था। वह पूरी रात लड़के के साथ एक योद्धा की तरह पेश आयी और लड़की का डोमिनेट करना उसे अच्छा लगा।

सुबह उठा तो राणा सांगा की तरह लड़के के शरीर पर कई जगह निशान थे, कहीं नीले पड़े थे, तो कहीं नाख़ून गढ़े थे। वह इत्मिनान से सो रही थी, सारी दुनिया भूलकर। लड़के ने उसके माथे को चूमा और उठाया तो वह ऐसे एकदम से खड़ी हो गयी जैसे सोई ही न हो। वह फटाफट बाथरूम में गयी और पाँच मिनट में ही नहाकर आ गयी। तुरन्त तैयार हुई और कॉलेज के लिए निकल गयी। लेकिन जाने से पहले उसने लड़के के गाल को चूमा और बोली, 'अभी तो मोर्चे और फतह करने हैं। मेन्स और इंटरव्यू...तुम कर लोगे मैं जानती हूँ। वह यह कहकर घर से निकल गयी और लड़का उसे जाते हुए देखता रहा...

आज उस रात को बीते डेढ़ महीने से ज्यादा हो गये थे। लेकिन उसकी परेशानियाँ बढ़ चुकी थीं। उसे एक महीने से पीरियड्स नहीं आये थे। उसने लड़के को नहीं बताया था। उस दिन सुबह लड़का उससे पूछना भूल गया था, 'क्या तुमने गोली ली...' और गलती हो चुकी थी और जिस्म इश्क़ के खुमार में वह गोली मिस कर गयी थी और तो और उसे भी हफ्ते भर बाद अपनी गलती का एहसास हुआ था।

लड़का अपने एग्जाम की तैयारियों में जुटा था और लड़की ने उसका फोकस न टूटे इस ख़ातिर उसे कुछ बताया नहीं था। लड़की को पता था कि बात ज्यादा दिन छिपने वाली नहीं। एबॉर्शन वह चाहती नहीं। बच्चे को जन्म देना ही है। लेकिन लड़का अभी

कमाता नहीं। उसकी एक आदत थी कि वह कभी किसी के आगे कमज़ोर नहीं बनना चाहती। वह जानती थी कि यह कोई पाप नहीं है बल्कि यह प्यार की निशानी है। वह कॉलेज कैंटीन में अकेली बैठी यह सब बातें सोच रही थी कि तभी उसे सभी समस्याओं का हल मिल गया।

उसे ध्यान आया कि उसकी एक दोस्त ने कुछ दिन पहले ही दिल्ली में उसकी मुलाकात मुम्बई की एक प्राइवेट यूनिवर्सिटी के वीसी से करायी थी, जो उसकी प्रोफाइल से इम्प्रेस था और अपनी यूनिवर्सिटी में प्रोफ़ेसर की पोस्ट ऑफर की थी। वह सरकारी यूनिवर्सिटी छोड़कर जाना नहीं चाहती थी। लेकिन अब उसे अपनी समस्या का हल मिल गया था। उसने तुरन्त वीसी को फ़ोन घुमाया और उन्हें वहाँ जॉइन करने के लिए हाँ कर दी। पैसे भी डबल थे और सुविधाएँ भी। उन्होंने कहा कि दो दिन में मेल पर ऑफर लेटर आ जायेगा। लड़की ने मन बना लिया था और उसे अपनी समस्याओं का हल मिल गया था, जो मौजूदा हालात के मुताबिक था। जहाँ तक बात परिवार की है, तो वह उन्हें सँभाल लेगी। शायद इस बार थोड़ी मुश्किल हो लेकिन वह सब सँभाल लेगी। उसने सोचा था वैसे भी बात सिर्फ़ साल भर की ही थी। उसने तुरन्त गाड़ी उठाई और उसका मुँह लड़के के घर की ओर मोड़ दिया।

वह लड़के की बरसाती पर पहुँच गयी। उसने बरसाती का दरवाज़ा खटखटाया और लड़के ने तुरन्त दरवाज़ा खोल दिया। वह अन्दर आयी और उसके गले से लग गयी। लड़के ने उसे देखा तो अपने चिर-परिचित अन्दाज़ में पूछा, 'जान परेशान हो क्या?' उसने लड़के को बताया कि उसे मुम्बई की एक यूनिवर्सिटी में नौकरी मिल गयी है। सैलरी लगभग डबल है, प्रोफ़ेसर की पोस्ट है। ग्लोबल एक्सपोजर है और ढेरों सुविधाएँ भी। लड़के को भी यह बात जम गयी। लेकिन उसके दूर जाने की बात सोचकर उसका चेहरा उतर गया। लड़की ने बड़े प्यार से उसे गले लगाया और बोली तुम चिन्ता मत करो, मोबाइल है। हम रोज़ बात करेंगे।

फिर मेरा लैपटॉप भी तुम रख लेना। मुझे वहाँ से नया लैपटॉप मिल जायेगा। हम उस पर चैट कर सकेंगे। देख भी सकेंगे और फिर मैं मुम्बई में ही तो हूँ। जब तुम अपने मोर्चे क्लियर कर लोगे तो मुझे मिलने आ जाना। लेकिन उससे पहले नहीं...याद रखना। तुम मुझसे तब ही मिलोगे जब आईएएस बन जाओगे। हालाँकि मैं तुमसे मिलने कभी भी आ सकती हूँ। लड़के ने मुस्कराते हुए उसे अपनी बाँहों में ले लिया। बेशक उसके चेहरे पर खुशी नहीं थी। लेकिन उसने पूरे जोश के साथ उसे प्यार किया और लड़की भी उसको अपने में इस कदर समा लेना चाहती थी कि वह कभी जुदा न हो। लेकिन हर रात की सुबह होती है, इस रात की भी सुबह हो गयी। लड़के ने तुरन्त सुबह लड़की से पूछा, 'तुमने गोली ली...' वह हँसी और लड़के के बालों में हाथ फिराते हुए बोली, 'हाँ।'

आज लड़की मुम्बई जा रही थी। जीवन की एक नयी पारी शुरू करने। जिसके बारे में कोई जानता नहीं था, उसके चेहरे पर एक आत्मविश्वास था। ज़िन्दगी को अपने ढंग से जीने का दृढ़ आत्मविश्वास था। जो करने जा रही थी, उसमें उसका पूरा भरोसा था। उसके चेहरे पर एक चमक थी, इस नयी ज़िन्दगी को लेकर। वह जानती थी कि एक साल की ही तो बात है, सब कुछ ठीक हो जायेगा। वह लड़के से तड़के ही मिल आयी थी और दोपहर को उसकी फ्लाइट थी। उसने लड़के को एक लिफ़ाफ़ा दिया था, जिसमें ढाई लाख रुपये थे। बड़े प्यार से उसके गाल पर हाथ फेरकर कहा था, 'सब ब्याज समेत वसूल लूँगी।' और बड़े प्यार से आँख मार दी थी। आज उसकी आँख में वह उदासी नहीं थी। एक चमक थी। जो किसी की भी समझ से परे थी।

मुम्बई में यूनिवर्सिटी में ही उसकी एक दोस्त ने उसके लिए रहने का इन्तज़ाम कर दिया था और पन्द्रह दिन के अन्दर ही उसकी लाइफ एकदम सेट हो गयी थी। उसे लगा ही नहीं था कि वह शहर के लिए नयी है। उसने सबसे पहले मुम्बई के अलग-अलग जगहों और खास इलाकों में अपनी ढेर सारी तस्वीरें खींचीं और अपने लैपटॉप में सेव कर लीं। अब वह अपने आने वाले दिनों

के लिए तैयार थी। उसकी प्रेगनेंसी को तीन महीने से ज्यादा का समय हो गया था। यूनिवर्सिटी में वह पहले ही यह बता चुकी थी, इस बात से वीसी हैरान हुए थे लेकिन उन्होंने उसका पूरा साथ देने का फ़ैसला किया था। हालाँकि वह लड़की अपने शरीर में इस नयी जान के साथ ज्यादा फुर्ती महसूस करती थी और उसे लगता ही नहीं था कि उसके साथ कुछ नया होने जा रहा है। वह अपने इस नये जीवन के लिए तैयार थी और इसे भरपूर इंजॉय कर रही थी। वह लड़के से अकसर वीकेंड पर चैट करती और अकसर वीडियो चैट भी करते। बेशक वह ज्यादा लम्बी नहीं होती थी, थोड़ी देर के लिए होती थी। सब ठीक चल रहा था और बिल्कुल लड़की की योजना के मुताबिक। लेकिन उसके चेहरे पर लड़के से दूर होने का दर्द साफ़ झलकता था, लेकिन अपने प्यार की निशानी को दुनिया में लाने की खुशी इस पर भारी थी।

लगभग सात महीने हो चुके थे। लड़की अपनी माँ को यह बात बता चुकी थी। बेशक पहली बार में तो माँ सुनकर ही हैरत में पड़ गयी थी। लेकिन उसने माँ से वादा लिया कि वह उसका साथ देगी। माँ को अपने बेटी पर फख्र था कि वह अपने दम पर इतना कुछ कर रही है। ऐसे दौर में जब एबॉर्शन बच्चों का खेल हो चुका है, वह अपने प्यार को सँभालकर रखना चाहती है। आखिर में माँ उसके पास चली आयी और दिलोजान से उसके साथ आ गयी। लड़की अपनी माँ को देखती, तो उसकी आँखें नम हो जातीं। माँ भी कॉलेज में पढ़ाती थी, लेकिन उन्होंने छुट्टी ले ली थी और अब अपनी बेटी के साथ इस मिशन पर जुट गयी थी। सब बहुत अच्छा चल रहा था। लड़की की वीकेंड्स पर चैट चल रही थी। कई मौक़ों पर लड़का उससे नॉटी डिमांड्स भी करता तो कह देती कि इन्तज़ार करो। इन्हीं चैट्स के दौरान तो उसने लड़की को बताया था कि वह मेन्स क्लियर कर गया है और इंटरव्यू जल्द है।

आज समय पूरा हो गया था और लड़की की तबीयत सुबह से ही ख़राब थी और माँ उसे तुरन्त अस्पताल ले गयी थी। डॉक्टर

ने सीजेरियन के लिए कहा तो लड़की ने ऑपरेशन 11:30 बजे करने के लिए कहा, वही समय जब वह लड़के से मिली थी। वह इस मौक़े को खास बनाना चाहती थी। डॉक्टर को 11 या 11:30 में ज्यादा अन्तर नहीं लगा और उसकी रिक्वेस्ट थी कि ऑपरेशन ऐसे समय पर शुरू हो जब बच्चे का बर्थ टाइम 11.30 हो। डॉक्टर ने भी कोशिश करने की बात कह दी थी। उसने एक खूबसूरत से बेटे को जन्म दिया। जिसकी आँखें बिल्कुल उस लड़के जैसी थीं और बालों का भूरा रंग लड़की जैसा। तीन दिन में लड़की अस्पताल से घर आ गयी। इन तीन दिनों में लड़के का एक बार भी फ़ोन नहीं आया। पिछले दो महीनों से लड़के के फ़ोन आने कम हो गये थे। अब वह हफ़्ते में या दो हफ़्ते में एक-आध कॉल कर लेता और कॉल पर भी वह जल्दबाजी में होता था। लड़की को अपने बच्चे को चेहरा देखने के बाद अपनी दुनिया की सुध कहाँ थी। अब वह उसके चेहरे को देखती रहती और बड़े दुलार के साथ उसे सीने से लगा लेती। बच्चे को पन्द्रह दिन हो गये थे और लड़के के फ़ोन को आये हुए अठारह दिन। लड़की ने फ़ोन लगाया तो फ़ोन स्विच ऑफ आया। उसने दिमाग़ पर ज्यादा ज़ोर नहीं डाला और फ़ोन रख दिया। वह लगातार फ़ोन लगा रही थी, लेकिन लड़के का फ़ोन स्विच ऑफ आ रहा था। फेसबुक पर भी उसने कई मैसेज भेजे और मेल भी किये लेकिन उसके कोई जवाब नहीं आये। लड़की ने उसकी फेसबुक खँगाली तो पता चला कि लड़का रेगुलर उस पर आ रहा है, लेकिन उसको जवाब देना भी उचित नहीं समझ रहा है। लड़की को काफ़ी एम्बेरेसिंग लगा।

वह काफ़ी परेशान थी लेकिन जब घर लौटती अपने बेटे को नानी की गोद में देखती तो उसके चेहरे पर मुस्कान दौड़ जाती। वह सारे ग़म भूल जाती और उसके साथ दुलार में लग जाती।

लेकिन माँ, माँ ही होती है। जब बच्चा सो गया, तो माँ ने बुलाया और कहा, 'क्या बात है?'

लड़की बोली, 'माँ, वह कोई जवाब नहीं दे रहा...मैंने कई

बार ट्राई किया। फ़ोन स्विच ऑफ है। मेल भी किये लेकिन कोई जवाब नहीं...जाने क्या बात है।'

'इन्तज़ार कर ले शायद कहीं तैयारी के चक्कर में हर चीज़ बन्द न कर रखी हो...'

'लेकिन माँ वह हमेशा मेल का तो जवाब दे ही देता था।'

'तुम मुझसे कुछ छिपा तो नहीं रहीं। बताओ...क्योंकि बात कुछ और है।'

'माँ, मैंने उसके एक दोस्त को कॉल किया था...' यह कहकर लड़की एकदम से ख़ामोश हो गयी।

'तो क्या बोला?'

'माँ, प्लीज़ गुस्सा मत करना। मैंने इतनी गलतियाँ कीं, लेकिन आप कभी कुछ नहीं बोलीं। माँ, प्लीज़ इस बार मुझे डर लग रहा है।'

'देख बेटा, मैंने तुझे हमेशा सच का सामना करना सिखाया है। तू जैसा जीना चाहती है, वैसे तुझे जीने दिया है। डरना किस बात का। मैं हूँ न तेरे साथ।'

'माँ, आजकल वह किसी और लड़की के साथ रह रहा है...उसके दोस्त ने बताया...' यह कहते ही उसकी आँखों से आँसू ढुलक गये। उसकी आँखें माँ को देखे जा रही थीं और उनसे आँसू बह रहे थे। माँ भी सन्नाटे में आ गयी थी। वह खुद को सँभालते हुए बोली, तो अब क्या करना है?'

'मतलब?'

'जब तुमने इस बच्चे को जन्म देने का फ़ैसला किया, उस समय तुम्हारे साथ कौन-कौन था?'

'कोई नहीं...'

'क्या सोचकर यह क़दम उठाया था...'

'यही सोचकर कि यह बच्चा मेरे प्यार की निशानी है और मुझे इसे जन्म देना है...चाहे जो हो।'

'तो अब क्या हुआ...तुमने कभी किसी का सहारा लेने का सोचा था?'

'नहीं। मैंने कभी सोचा ही नहीं था कि बच्चे को जन्म देने के बाद उससे कैसे मिलूँगी और क्या कहूँगी।'

'फिर अगर वह उसके बाद मिले ही नहीं तो...'

'माँ, सोचकर दर्द होता है...यह सोचती हैं कि तुम हमेशा मेरे साथ रही हो, हर फ़ैसले में...लेकिन मैंने अपने परिवार के साथ क्या किया?'

'क्या किया, कुछ बुरा नहीं किया। तुमने जो भी सही था वह किया। कुछ गलत नहीं किया। वो कायर था, उसमें तुम क्या कर सकती हो। उसके दोस्त ने और क्या बताया?'

'यही कि मेरे जाने के कुछ ही समय बाद वह एक आईएएस की बेटी से मिलने-जुलने लगा था और फिर दोनों का अफेयर शुरू हो गया था। वो दिल्ली में रहने आयी थी और दोनों एक ही साथ रहने लगे थे। अब भी साथ ही हैं...' यह कहकर लड़की चुप हो गयी।

'तो अब क्या...' तुम उससे एक बार मिलना चाहोगी?'

'आप बताओ माँ...'

'नहीं मुझे कुछ नहीं कहना...मैं हमेशा तुम्हारे फ़ैसले के साथ खड़ी रही हूँ। तुम बोलो...'

'माँ, मुझे किसी की ज़रूरत नहीं। मुझे ऐसे आदमी के सहारे की कतई ज़रूरत नहीं, जो इतना गया-गुज़रा हो। जिसने मेरी कद्र न की हो। मुझे घिन आती है ऐसे शख़्स से। जो इनसान इतने थोड़े ही समय में बदल गया, आपको लगता है उस इनसान के साथ मैं पूरी उम्र काट पाती। देर-सवेर वो अपना रंग दिखा ही देता। चलो, इस नन्हे के बहाने ही सही, मुझे उसकी हक़ीक़त का पता चल गया। माँ अब उससे कभी बात नहीं...मुलाकात नहीं... वैसे माँ मैंने उसके दोस्त के दिये नम्बर पर फ़ोन किया था। सच जानने को तो एक लड़की ने फ़ोन उठाया था और उसने खुद को उसकी होने वाली बीवी बताया था...'

और उसने बच्चे को अपने सीने से लगाया और अपने स्टडी टेबल पर जाकर अगले दिन के लिए नोट्स बनाने लगी।

इस बात को गुज़रे पाँच साल बीत चुके थे। एक दिन लड़की अपने पाँच साल के बेटे के साथ मॉल में शॉपिंग कर रही थी, तो पीछे से किसी ने आवाज़ लगायी। देखा वही लड़का था, जिसने उसे धोखा दिया था। वह बोला, 'अरे पहचाना मुझे...'

'बिल्कुल...कैसे हो तुम...'

'मैं एकदम बढ़िया...'

तभी उस लड़के को फ़ोन आया तो वह झेंपते हुए बोला, 'डार्लिंग आ रहा हूँ...'

लड़की के चेहरे पर मुस्कान दौड़ गयी। तभी बच्चा दौड़ता हुआ आया और बोला, 'मॉम, मेरी गन उधर वाली शॉप में है...'

'अच्छा, तो इसलिए मुझे छोड़कर गयी थीं...मुझे धोखा दिया था...'

लड़की बोली, 'चलो जानू गन लेते हैं...ओके बाय...'

लड़का पीछे से बोला, 'इसका बाप कहाँ है...उससे भी तो मिला दो...'

लड़की ने पलटकर उसे देखा, उसकी आँखों में कोई भाव नहीं था और वह बिना बोले आगे बढ़ गयी। तभी बच्चे ने अपनी माँ के एक्सप्रेशनलेस चेहरे को देखा तो उसने तुतलाती ज़ुबान में कहा, 'जान, परेशान हो क्या?'

यह शब्द उसके कानों में पड़े...वह वहीं खड़ा था...स्तब्ध... निष्प्राण।

□□